異世界で世界樹の精霊と呼ばれてます

Sorairotonbo
空色蜻蛉

Illustration
Yoshimo

アウル
人の言葉を話す賢い霊鳥。
幼い頃の樹を知っており、
良い助言役となる。
クレパス
お調子者のイタチの精霊。
ある事件で樹に救われる。
各務《かがみ》 樹《いつき》
本編の主人公。
現代日本の高校生。
巻き込まれて
異世界に召喚されるが、
実は世界樹の精霊だった。
ソフィー
エルフの少女。
世間知らずの箱入り娘。
樹を慕って旅の仲間になる。

主な登場人物
縹《はな》田《だ》英《えい》司《じ》
智輝たちとは別の国の勇者。
戦いに強く、頭も切れる。
何故か敵に回って
樹たちを襲う。
アルス
先代魔王の息子で吸血鬼。
魔界で会った樹とソフィーに
血を要求する。
梶《かじ》浦《うら》智《とも》輝《き》
樹の友人で勇者。
かつて魔王を倒した。
物事を深く考えない
明るい性格。
北《きた》川《がわ》結《ゆう》菜《な》
智輝と共に勇者をしている。
戦闘ではサポート役。
樹のことが気になっている。

プロローグ　夢幻《むげん》の彼方《かなた》

少年の見る夢は時々、異世界に繋がる。その夢の舞台にはいつも、天を貫く巨大な樹木がそびえ立っていた。

とても大きな樹だ。

幹は終わりが見えないほど太く、苔《こけ》むしていて、緑の壁のようにも見える。

梢《こずえ》だけでも通常の樹木のサイズで、枝に住居を建てることが可能だろう。

人の顔よりも大きい、無数の青々とした葉が枝から生《しょう》じている。枝葉には、様々な種類の植物が絡みついていて、樹木の枝葉と混じり合って花を咲かせ、たわわに実をつけていた。

この樹木は、それ自体が生命のゆりかごなのだ。

獣や鳥は群れを作り木のうろに住まい、樹上で生活を完結させている。

そこは動物たちの楽園で、少年は自分以外の人間の姿を見たことがなかった。

枝葉を飛び移る幼い少年の背には、光の翅《はね》が生えている。夢の中でだけは、少年は光の翅で自由に空を飛ぶことができる。

獣や鳥と戯《たわむ》れる少年は、ごく自然に風景に溶け込んでいた。

少年は慣れた様子で枝を飛び歩き、獣や鳥は少年を怖がる様子もない。

草むらに見える赤く熟《う》れた苺《いちご》を摘《つ》んだ少年は、近くの枝にとまる鳥に手を振る。

「アウルも食べようよー。美味《おい》しいよ」

『むう……イツキよ。わしは肉食なのだ。果実は食《しょく》さん』

「えー残念」

アウルと呼ばれた鳥は、コノハズクというフクロウの一種に似ていた。

丸い頭部には尖《とが》った耳がついていて、まんまるい金色の瞳と鋭い嘴《くちばし》がある。茶色い羽毛《うもう》を膨らませて、彼はフーと唸《うな》った。

『イツキや……今日はいつまでいられそうなのだ？』

「うーん。もうそろそろ眠くなってきちゃった。最近ここに長くいられなくて、つまらないや」

『……』

アウルは無言でくるりと首を回す。


彼は知っている。

少年にとってここは夢の世界。

夢の通い路《かよいじ》を通って少年は異世界の、この世界樹《せかいじゅ》の枝と行き来している。

この世界での少年は、世界樹に宿る精霊。

世界樹は無垢《むく》なる異世界の幼子《おさなご》の魂を呼び寄せ、その魂と同調することで枝葉を茂らせている。

世界樹に選ばれる魂の持ち主は少なく、精霊が宿った世界樹は繁栄する。

しかし、それは一時の繁栄に過ぎない。

幼子はやがて大人となり、純粋さを失い、世界を越える力を無くしてしまう。

少年も成長したせいか、近頃、世界樹にいられる時間が少なくなってきていた。

できるだけ長く、この時間が続いて欲しい。

アウルは願う。

できることなら世界樹には長く繁栄して欲しい。世界樹は彼等の住処《すみか》だ。世界樹が力を失えば、彼等は住処を失う。そして精霊が去った世界樹は、精霊を宿した本来の世界樹の半分以下に力が衰える。

少年が世界樹のもとに留まれば、世界樹は長く繁栄するだろう。

だが、異世界の幼子の魂をこの世界に拘束するのは道理に反する。


『……もうすぐ、世界樹にフロラの花が咲く』

「フロラの花？」

『それはそれは美しい桃色の花だよ。イッキや、花が咲いたら一緒に花見をしよう』
「花見？　するするー！」
アウルの誘いに、少年は無邪気に飛び跳ねて喜びを表した。
花が咲くまで。
世界樹の天辺《てっぺん》を飾る、霞《かすみ》のような薄いピンク色の花が満開になるまで。
その約束が果たされずに終わることを、この時の少年は知らない。

ひらり。

ひらひら。

夢幻の花びらが舞う。

†

カーテンを透《す》かして射し込む陽光に、各務樹《かがみいつき》は気だるげに身じろぎして瞼《まぶた》を開けた。
階下から両親が話している声や足音が聞こえる。

リリリリ――。

樹はぼんやりとした頭のまま起き上がって、枕元のアラームのスイッチを押した。
欠伸《あくび》をしながら無意識に目元を拭《ぬぐ》う。
指先が、かすかに濡《ぬ》れていた。
「何か夢を見ていた気がする。……何の夢だっけ」
夢は幻。
二つの世界が交わる時、その夢が記憶に残ることはない。
通常は……。

第一章　約束の花

01　巻き込まれ召喚

各務樹は高校生である。
本人は自分のことを平凡だと自負している。しかし偏差値が平均より上の進学校に通っていて、むさ苦しくない容姿をした中肉中背《ちゅうにくちゅうぜい》の青年は、女子から見ればお買い得物件だ。一度も染めていない黒髪をほどほどに切り揃え、細い縁《ふち》の眼鏡《めがね》を掛けている。

他者から見た第一印象は「真面目そうな眼鏡クン」だろうか。

しかし、樹自身は自分のことを真面目だと思っていない。

「……眼鏡を取ると僕はイケメンに変身する」

「朝から何言ってんだよ、樹」

友人の梶浦智輝《かじうらともき》は呆れ顔だ。

智輝は童顔で樹より背が低い。以前は根暗《ねくら》な性格だったが、色々あって高校に上がってからは明るくなったと、仲良くなった最初の頃に智輝はふざけた調子で自己紹介した。ついでに過去、同級生にいじめられていたことがある、とも。

中学は別なので、智輝の言うことが本当かどうか分からない樹は、適当に「そうだったのか」と流していた。突っ込んで聞くのも憚《はばか》られる。

以前がどうであれ、樹にとっては今現在の智輝が全てだ。

「ちょっとした冗談じゃないか」

「樹が言うとふざけてるのか真面目に言ってるのか、分からない」

朝の教室で鞄《かばん》を降ろして、そんな会話をしていると、間に女子生徒が割り込んだ。

「おっはよー、樹君！　智輝も！」

「俺はついでかい」

溌剌《はつらつ》と挨拶《あいさつ》したのは、同級生の北川結菜《きたがわゆうな》だ。

口元にほくろがあって、妙に色っぽい雰囲気のある少女だ。彼女はミドルロングの髪の一部を三《み》つ編《あ》みにして頭の後ろで結ぶ、凝《こ》った髪型をしていた。

「今日は放課後、十日町《とおかまち》にオープンしたっていうパティスリーに行こうよ！」

「あー俺は甘いものは苦手で……てかお前、それは女子の友達と行けばいいじゃねえか」

甘味《かんみ》を食べに行こうと誘う結菜に、智輝が嫌な顔をする。

しかし彼女は智輝の逃げの姿勢をものともせず、強引にまくし立てた。

「樹君は甘いもの好きだよね⁉」

「勿論《もちろん》大好きだ」

「じゃあ智輝も一緒に来るよね。樹君とお友達だもんね！」

「どういう三段論法だよ！」

樹は甘いものが好きなので特に拒否することなく話にのっかる。

こうして三人は放課後、学校の近くにオープンしたというパティスリーを見に行くことになった。

授業が終わった後、結菜は樹たちを先導してパティスリーへの道を歩き始めた。

智輝以外の二人は甘いものが食べられるとウキウキした気分である。反対に智輝は甘いものが苦手な上、女性客が多いだろうパティスリーに行くのは気が進まずテンションが低かった。

通学路を逸《そ》れて住宅街の細い道を歩く三人。

シャリーン……。


突然、ウィンドチャイムを揺らしたかのような涼しげな音が鳴り響いた。

何の音だろう。

不思議そうな顔をする樹。

しかし他の二人の反応は違った。

「まさか喚《よ》び出し!?」

「やったー！　これでスイーツ食わずに済むぜ！」

結菜と智輝は口々に、樹には理解できないことを言った。

地面に青い光の輪が走り、視界が光に包まれる。樹は眩《まぶ》しさに思わず目をつむった。キーンと耳鳴りのような音と共に空気が変わって、目を開けるとそこは、今までいたのとは別の場所だった。

「こ、ここはどこなんだ」

狼狽《うろた》える樹を見て、結菜と智輝はしまったという顔をした。

「やば。一般人を連れて来ちゃった」

「高校に入ってから召喚《しょうかん》を受けなかったから、油断してたわ」

光が収まってきたので樹は辺りを見回す。

足元には高級そうな大理石《だいりせき》の床。

パルテノン神殿もかくやと思わせる装飾がついた、立派な柱が周囲に立ち並んでいる。自分たちは何かの施設の中にいるらしい。部屋の天井は高く、ステンドグラスがはめ込まれている。周囲にはいくつかの人影があった。

いきなりの出来事に呆然《ぼうぜん》とする樹を、結菜が覗《のぞ》き込む。

彼女は真剣な顔で言った。

「樹君、よく聞いて。ここは異世界のロステン王国。私と智輝はこの国の勇者として召喚されたの」

「何だって?」

「ほら最近、ラノベとかでよくあるじゃない。異世界召喚とか」

説明を受けた樹は、数度瞬《まばた》きすると、眼鏡を外した。

懐《ふところ》から専用の布を出して眼鏡を丁寧に拭《ふ》き始める。

「樹君?」

「……精神を落ち着ける時間が僕には必要だ。少し放っておいてくれ」

ぽく、ぽく、ぽく……ちーん。

異世界召喚という珍事態に遭遇した樹は己の精神を落ち着けるべく、眼鏡を拭きながら瞑想《めいそう》を始めてしまった。そんな樹を結菜は心配そうに見守る。

一方の智輝は準備体操の要領で腕を回していた。

「樹は放っておけよ。ここからは俺たちの仕事だ。帰れるようになるまで、樹にはこの神殿で留守番をしてもらったらいい」

「そうね」

結菜と智輝は、一般人の樹を連れて来てしまったことに動揺はしていたが、それよりも勇者として喚ばれたのだから仕事をしないと、と気持ちを切り替えていた。

何しろ、異世界から勇者を召喚しなければいけないほどの緊急事態なのだ。

「勇者様……」

召喚の儀式を執《と》り行ったらしい神官がうやうやしく呼びかけてくる。

まるで事態についていけない樹は、ピカピカに磨き終えた眼鏡を元通り顔に戻すと、友人二人が神官と話す様子を傍観することにした。


その神官は灰色の長衣《ながぎぬ》を着た初老の男性だった。白髪混じりの黒髪の神官は、目尻の下がった柔《にゅう》和《わ》な表情で樹たちを出迎える。

彼は結菜と智輝に向かって言った。

「勇者様。この度は、喚び出しに応じてくださりありがとうございます」

いつも無理やりなのか。

確かに友人たちは「召喚するよ？」「わかった」的な会話をしている様子はなかった。

「いつも無理やりだよね」

「応じてないけどな」

巻き込まれて召喚された樹は、会話を聞きながら顔をしかめた。

「さて、勇者様を召喚しました理由は他でもありません。ここ、夏風《なつかぜ》の都《みやこ》アストラルに飛竜《ひりゅう》が現れたのです」

「何だって⁉」

「今この都を暴れまわっております……」

神官の言葉と同時に、施設が強風に煽られたようにガタガタと揺れた。

かすかに騒ぎ声や足音が聞こえる。

外で何か事件が起きている気配がした。

「それを早く言えって！」

智輝は叫ぶと、神官の脇をすり抜けて建物の出入り口に向かって走り出した。

その後を追って結菜も走り出す。

「えーと」

「私たちも参りましょう。勇者のご友人」

ぽかんとする樹に、神官が声を掛けた。

彼は樹を手招きして廊下を歩き始める。

「私はトーラと申します」

「各務樹です。ご丁寧にどうも」

早足で廊下を歩きながら、樹と神官は挨拶を交わした。

樹は眼鏡をいじりながら神官に問いかける。

「部外者の僕は地球に帰してもらった方がありがたいのですが」

「そうですねえ。できればそうしたいのですが、あの勇者召喚の魔法陣に力を込めて再度使えるようにするのに、一か月は掛かるのです」

「中途半端に長いな」

「まあ異世界に旅行に来たと思って、のんびりしていってください」

どうやらすぐには帰れないらしい。

一か月。そんなに長い間、この世界にいなきゃいけないのか。

廊下を抜けて建物の外に出る。

眩しい陽光に、樹は目を細めた。

目の前に広がるのはヨーロッパ風の煉瓦《れんが》の建物が連なる、異国の街並みだ。

その街並みを巨大な生き物が踏み壊し、人々は悲鳴を上げて逃げ惑《まど》っている。

先ほど神官は飛竜と呼んでいたか。

巨大な生き物は黒々とした鱗《うろこ》を持った爬虫類《はちゅうるい》で、背中から蝙蝠型《こうもり》の大きな翼が生えている。牙の並んだ口を開けると、涎《よだれ》が地上にしたたった。飛竜は身体の各所から不気味《ぶきみ》な液体を垂れ流していて、液体が掛かった壁はプシューと煙を上げて穴が空く。強力な塩酸を垂らしたらああなるのだろうか。


グオオオオ……‼


飛竜は首を振って吠《ほ》えた。

空気がびりびりと震える。

樹たちと結構、距離が近い。近付けば踏みつぶされそうだ。

「旅行に来たと思って、のんびり⁉」

「言葉の綾《あや》ですよ」

どう見ても観光どころではない状況に、樹は思わず神官に突っ込んだ。

トーラと名乗った神官は穏やかな態度を崩さず、しれっと樹の突っ込みを流す。

「大丈夫ですよ。ご友人は勇者様ですから」

逃げる人々に逆行するように、恐れる様子も見せずに飛竜に向かっていく二人の姿を認めて、樹は息を呑む。

結菜と智輝は飛竜の直前で足を止めて巨体を見上げていた。

「契約者の声に応《こた》えよ！　紅蓮戦乙女《スカーレットヴァルキュリア》、ルージュ！」

智輝が叫ぶと、彼の前に深紅《しんく》の炎が燃えあがり、その中から少女が姿を現した。

真珠《しんじゅ》のような白い肌に紅《あか》い髪と瞳をした美しい少女だ。露出度の高い夕焼け色のドレスを身に着けている。少女の背中には紅い光を放つ光の翅が左右に三枚ずつ、合計で六枚、火の粉を撒《ま》き散らして輝いていた。

『待ちくたびれたわ』

少女は妖艶《ようえん》に笑むと、透明になって炎の中に溶けて消える。

その炎の中から、暗い紅色の柄《え》を持った鋼《はがね》の槍が姿を現した。緩やかにカーブした三角の刃が全長の三分の一を占《し》める槍で、刃は柄の先で鋭い光を放っている。

「おっしゃあ！」

炎をまとった槍を掴《つか》み、智輝は跳躍する。

通常の人間では有り得ないほど高く跳躍して、彼はそのまま燃え盛《さか》る槍を飛竜に振り下ろす。

その一撃で飛竜の鱗は大きく切り裂かれ、身体から大量の体液が噴き出した。

敵の姿を認めた飛竜は、首を回して智輝に噛みつこうとする。

「そうはさせないんだから。来て！　白光流風霊《ブライトシルフィード》、リーガル！」

結菜の声と共に白い光が上空で生まれる。

光の渦の中に白銀《しろがね》の髪をした少年が浮き上がった。

少年は純白の燕尾服《えんびふく》をまとって宙に浮いている。無邪気な水色の瞳に、悪戯《いたずら》っぽい笑顔。背には輝く四枚の翅を持っていた。

『久しぶりだね、結菜』

微笑んだ少年が空気に溶けると、上空から結菜の手元に杖が降って来る。

翼を象《かたど》った飾りが頭に付いた白い杖だ。

結菜が杖を手に取って振ると、智輝と飛竜の間に風が吹き込んだ。

智輝は風に流されて、近くの地面に着地した。襲い来る飛竜の牙から、強引に回避させられた格好だ。

「ちょっ、結菜、今切ろうとしてたのにっ」

「そう言って突っ込んでいって、いつも大怪我《おおけが》してるでしょ!」

彼等は会話しながら、飛竜の周囲を走って移動していた。

戦いに慣れた動きだ。

結菜が杖を振ると、白い帯のような光が螺旋《らせん》を描いてまとわりつき、飛竜の動きが鈍《にぶ》った。

「とどめだっ」

飛竜の懐近くまで走り込んだ智輝が、深紅の炎をまとった槍を振りかぶって、飛竜の顎の下を攻撃する。

飛竜の首が裂けた。ほとばしる体液を横に跳んで避けて、智輝は再度、飛竜を攻撃する。

大きく跳躍して飛竜の背に降り立つと、槍を突き立てた。

槍から伝った炎が飛竜を包み込む。

首を切られた時から意味のない動きを繰り返していた飛竜だが、やがて炎の中で断末魔《だんまつま》の唸り声を上げて、動かなくなった。


見ている間に戦闘は終わった。

友人たちの人間離れした動きと、戦いに慣れた様子に、樹はただただ呆然とした。

まるで特撮《とくさつ》か何かを見ているようだった。

特撮は人間が演じている以上、ワイヤーで吊《つ》ってアクションをしているのだろうなと視聴者に思わせる不自然な動きがある。しかし目の前の戦闘にそういった動きはなかった。

空気に混じる埃《ほこり》と血の匂いと、頬を撫でる冷たい風。

ここは紛れもなく現実の世界だ。

「勇者様は強いでしょう？」

神官トーラの言葉に、樹は「ああ」と頷くしかなかった。

「ああー、終わった終わった。水飲みてえ」

「食事と水を用意しましょう。一旦こちらへ」

戻って来た二人と共に、樹は神官の案内に従って神殿に引き返した。

周囲では制服を着た男たちが駆け回って、負傷者を助け起こしたり、飛竜の死骸《しがい》をどうするか話し合ったりしている。勇者の仕事は魔物を倒せばおしまいのようだ。街の人々は遠巻きに結菜と智輝を見つめていた。

感謝や尊敬の眼差《まなざ》しが友人たちに向けられている。

隣にいる樹は、所在ない気持ちに襲われた。

ここでは彼等が主役で、自分は脇役だ。

樹が蚊帳《かや》の外に置かれた気持ちを味わっていることを、勇者の二人は気付いていない。三人はそのまま神殿の部屋のひとつ、テラスに面した部屋に通された。

神官トーラがお茶を運んでくる。

何もしていない樹の前にもティーカップが置かれた。

「勇者様。実は、今現在、世界各地で魔物の活動が活発化していて……」

「そういうRPGみたいな前振りはいいよ。要件を簡潔にどうぞ」

勢いよく茶を飲み干した智輝は、トーラの言葉を遮った。

説明を遮られたトーラは気分を悪くする様子を見せず「失礼しました」と言って先を続ける。

「夏風の都アストラルの南東にある、杏《あんず》の里で謎の病が流行《はや》っており、魔物の仕業《しわざ》だという噂が流れております。勇者様にはそこへ行っていただきたく」

「了解」

「樹君はアストラルで待っていてくれない？」

「うぐっ」

突然話しかけられた樹は、茶が気管に入りそうになってむせた。

「大丈夫？」と結菜は心配そうな顔をしている。

「……僕は足手まといだから、ここで待っていろという話だろう。分かったよ」

「ごめんね樹君。巻き込んじゃって」

「まったくだ。帰ったらパティスリーのスイーツ代は君たちに払ってもらうからな」

先ほどの戦闘を見て分かった。

勇者らしい友人たちの動きについていくのは、樹には不可能だ。

別行動をあっさり受け入れる。

翌日、友人たちは簡単に準備を整えると素早く旅立ってしまった。

寂しいような羨《うらや》ましいような、複雑な気持ちで、樹は彼等の背中を見送った。

02　脱走

友人たちが旅立って数日後。異世界に独りきりとなり、樹は暇になった。

召喚された場所である神殿に部屋を用意してもらって、神官たちと衣食住を共にする。

勇者ではない異世界人の樹に、神官たちは戸惑っているようだ。誰も話しかけてこない。樹が一時的にこの世界に来た客人だと、皆知っているらしい。どうせすぐ帰る異世界人と親しくなっても仕方ないと、彼等は思っているようだった。

神官たちは朝夕の礼拝やら修業やら、忙しそうにしていたが、樹にはやることがない。

暇に耐えかねた樹は、夕食の後に食堂でトーラを捕まえて話しかけた。

「トーラさん」

「はい何か」

「色々聞きたいことがあるのですが」

穏やかな表情で神官トーラが振り返る。彼は神官長という立場らしく多忙のようだったが、樹が話をしたいと言うと座りなおしてくれた。

「何が聞きたいのですか？」

「まずこの世界の魔法について。もしかして僕も魔法を使えるようになったりしませんか」

異世界に来て何が気になるって、やっぱり魔法だろう。

結菜と智輝が魔法らしきものを使って戦闘していた姿を見て、樹は魔法に興味を持っていた。

「ふむ……使える、かもしれませんね」

「何で断定しないんですか」

「その前に魔法の説明をさせてください」

トーラは魔法について語り始める。


この世界の魔法は、精霊と契約して行使する精霊魔法らしい。

精霊とは、地水火風、自然に宿る意識が具現化したもの。と言っても、曖昧《あいまい》な存在ではなく霊的な生き物であり、種族があって彼等なりの生の円環《えんかん》がある。下位精霊は獣の姿だが、中位以上は人の姿をしている。

肉体を持たない霊的生物の精霊は、肉体を持った人間と契約することで、現実に影響を及ぼせるようになる。

飛竜との戦闘中に結菜と智輝の前に現れた紅い髪の少女や、白髪の少年。彼等こそが勇者の契約精霊であり、精霊は戦いの武器を人間に与えてくれる。

このような精霊魔法による武器を、精霊武器《スピリットアーム》と呼ぶそうだ。

「精霊と契約すれば僕でも魔法が使えると」

「そういう話になりますね。ちなみに精霊の特徴は背中の翅です。翅の枚数が多いほど、強い力を持つ精霊なのです。精霊は神の加護を持つ勇者か、霊力《れいりょく》が強い人間に惹かれ、契約を結びます」

ということは、霊力があれば僕も精霊と契約できるのか。

興味深く話を聞いていた樹は、この世界に来てから気になっていたもうひとつのことを質問した。

「トーラさん、話は少し変わりますが、僕とあなたがこうやって会話できているのは何故でしょう。僕は日本語を話しているつもりですが、この世界の公用語は日本語なのですか」

そう聞くと、トーラは驚いたように樹を凝視した。

「そうだ。そういえば、おかしいですね……。私たちは言葉が違うのに、意思を通じ合わせている。神の加護を持つ勇者や、霊的生き物である精霊なら話が通じてもおかしくないのですが。勇者様と一緒に来られて普通に話が通じていたので、失念していました」

樹とトーラは何故言葉が通じるのだろうと首を捻ったが、考え込んでも答えは出ない。

早々に諦めて、次の話題に移った。

「……では、イツキ様の霊力を測ってみましょうか。霊力があれば精霊との契約方法についてお教えしましょう」

「お願いします」

結菜と智輝のように魔法を使えるようになるかもしれない。

樹はわくわくして、トーラの案内に従って移動した。

霊力を測ると言われ、案内された場所には体重計のような四角い台があった。

体重計。

よく見れば、文字盤に書かれた文字や数値は日本語でも英語でもない、見たことのないものだった。

乗るように促されて、樹は学校の健康診断を思い出しながら、装置に乗った。


ガコンッ……ピー！


樹が乗ると体重計もとい霊力計の針が一気に振り切れ、そのまま異音を発して動かなくなった。

故障だろうか。

「これは……⁉」

「何か分かりましたか？」

「いえ何も分かりません。おかしいですね……」

トーラは霊力計を前にあれこれ操作していたが、霊力計の針はぴくりとも動かなくなってしまった。

様子を見ていた樹は申し訳なくなった。

「すいません、壊しちゃって」

「いえ構いません。そろそろ新しいのに買い替えるつもりでしたから」

故障してしまった霊力計をゴミ箱の横に持っていくと、トーラは苦笑した。

「また今度にしましょう」

結局、霊力があるのか無いのか分からない。

残念だと肩を落とす樹に、トーラは「魔法を使うにも修業が必要で、そう簡単にはいかないですよ」と言った。

「精霊の力を使うには、精霊演武《スピリットダンス》を習得する必要があります。精霊演武にも、上級、中級、下級があり、下級でも習得するのは大変です。勇者様でも下級と中級の一部の技しか会得《えとく》していません」

「そうなんですか？　それなのにあんなに強いのか」

「勇者様ですからね。ユウナ様の契約精霊リーガルは中位ですが、ユウナ様はご自身が中級以上の精霊演武を使えるのでお強いのです」

滞在期間の一か月で、魔法を習得するのは無理なようだ。

魔法を使えるかもしれないと思っていた樹は、密《ひそ》かにがっかりした。

暇な時間に書物でも読もうかと思ったが、書物は異世界の文字で書かれていたので読めない。

神殿の中で一通り時間つぶしの方法を試してみた樹は、今度は街へ観光に出てみることにした。

街は平和で活気に溢れた様子だった。

先日飛竜が暴れまわった痕跡が僅かに残っていたが、樹が街に出たときには復興が始まっていた。人々は明るい表情で働いている。

神官の一人で、樹と年齢が近い若い男が街を案内してくれた。

ロンというその神官は面倒くさそうに言った。

「勝手に歩いて私から離れないでくださいよ」

「ああ、分かってる」

勇者の友人である樹は神殿で丁寧にもてなされてはいたが、実質お荷物であり、何の役にも立たない無駄飯食らいである。神官たちは歓迎している訳ではなく、さりとて厄介者《やっかいもの》というほどではない樹に対して、態度を決めかねているようだ。

樹はロンの機嫌を損ねないように、彼から離れずに歩いた。

しばらく歩くと市場が見えてきた。

白い帆布《はんぷ》で作られた屋台が立ち並び、野菜や干し肉、生活の雑貨などがところ狭しと並べられていた。

興味深くそれらを眺めていた樹だが、ある一軒の前で立ち止まる。

それは色々な動物を檻《おり》に入れて並べている店だった。

「どうしたんですか」

ロンの問いかけに答えず、樹は檻のひとつを覗き込んだ。

檻の中にはフクロウによく似た鳥が閉じ込められている。

茶色い羽毛を膨らませて、その鳥は檻の隅にうずくまっていた。目を閉じて鳥はじっと動かない。どうやら具合が悪いようだ。

樹は何故かその鳥が気になって、檻の前から動けずにいた。

「……こいつが気に入ったのかい？」

店の前で立ち止まった樹に店主らしき小太りの男が声を掛ける。

「この子は売り物なんですか」

「おう。そいつは人の言葉をしゃべるフクロウさ。攻撃力を持たない珍しい魔物だよ。ペットにどうだ？」

「……死にかけてるように見えますけど」

檻の中でフクロウは浅い呼吸を繰り返すのみで動こうとしない。

「そうさなあ。夜行性だから夜になったら動くんじゃねえか」

「イツキ様、その鳥を飼いたいのですか？」

ロンに聞かれて、樹はためらいながらも頷いた。

「ああ。買ってもらってもいいかな」

「うーん、安いようだし構いませんが。でもイツキ様、帰る時はどうされるのです?」

フクロウを地球に連れ帰る訳にはいかない。

樹は苦笑いして「帰るときに逃がしてやるんだ」と言った。

それを聞いた店主が笑う。

「逃がすくらいなら店に返してくれよ」

「お金を払ったら僕のものです。どうしようが僕の勝手でしょう」

「そりゃそうだが」

ロンは硬貨を何枚か取り出して代金を支払う。

店主は茶色い紙で手荒に小さな檻を包むと樹に手渡した。

「まいどあり」

樹はフクロウの入った檻を抱え、観光を早めに切り上げて、神殿の自分の部屋に戻ることにした。


割り当てられた自分の部屋に戻ると、樹はフクロウの入った檻をテーブルの上に置いた。

フクロウは檻の中でぐったりした様子だった。

樹は店主にもらった鍵で檻を開けた。腕を檻の中に差し込んで、そっとフクロウの身体を運び出す。部屋にあった適当な籠《かご》に布を被《かぶ》せて、その上にフクロウを乗せた。店主にも言ったが飼う気はないので、逃げられても別に構わない。

こいつは何を食べるのだろう。

そう疑問に思うと、答えが自然と思い浮かぶ。

フクロウは肉食だ。

どこで聞いたんだっけ。樹は首を捻りながら食堂に行って、水と何かの肉を分けてもらった。

動かないフクロウの隣に座って、さてどうしようと考えていると、フクロウが目を開ける。

まんまるい金色の瞳が樹を見た。

『……イツキ？』

「何で僕の名前を知ってるんだ」

そういえば人の言葉をしゃべるフクロウだと、店主が言っていたか。

しかし何故、樹の名前を呼ぶのだろう。

偶然だろうか。

フクロウは丸い首をクルクル回し、しばらく樹と周囲の状況を観察しているようだった。

『ここはどこじゃ』

「夏風の都アストラル」

今いる街の名前は分かっても、この世界の中でどの辺りにある街なのか、国の名前も地域の特徴も樹は知らない。

『……こうしちゃおれん。わしは行かなくては』

フクロウは地名を聞くと、慌てて翼を広げて羽ばたこうとした。

猛禽《もうきん》類の翼は大きい。

両翼あわせ一メートル近くある立派な翼が樹の目の前で広がる。

しかしフクロウの翼は風切り羽が無惨に切り取られ、ボロボロになっていた。

バタバタするフクロウだが、風を起こすばかりで浮く様子もない。

『くっ……無念』

「まあとりあえず、この水を飲んで肉を食べたらどうだ。羽はその内生えてくるだろう」

そう勧めるとフクロウは観念したのか、大人しく籠に戻った。

差し出された水と肉を嘴でついばみはじめる。

『イツキは何故この世界に来たのだ?』

やっぱりこのフクロウは僕のことを知ってるのか。

疑問に思いつつも樹は答える。

「友達が勇者で、巻き込まれて召喚されたんだよ」

『では偶然……何ということだ。これも世界樹の導きなのか』

フクロウは勇者や召喚という、一般的とは思えない単語にも慣れた反応をし、樹の境遇についても理解しているようだった。深い金色の瞳には知性が感じられる。

いい加減気になって、樹は尋ねた。

「さっきから僕のことを知っているみたいな口ぶりだけど、僕は君と会ったことがあるのか」

『……』

フクロウは無言になって首を回す。

鳥の表情はよく分からないが、困っているようだ。

『イツキはまた元の世界に戻るのか？』

「ああ。三週間後くらいに、友達が帰ってきたらね」

『では、戻ればその内にわしのことは忘れてしまうだろう。異世界の出来事は夢。泡沫《うたかた》の幻。話しても意味があるまい』

訳が分からない。

だがフクロウは何だか悲しそうな空気を醸し出している。

樹は無理に聞き出すことは諦め、別のことを聞いた。

「あー、とりあえずフクロウさんの名前は何て言うんだ？　あと、どこか行きたいところがあるのか？」

『わしの名はアウルじゃ。具合が悪いという友の精霊を訪ねる途中で、人間に捕まってしもうた』

「目的地は遠いのか？」

『いや、ここからならさほど遠くない。南東に少し行った場所じゃ。人間からはそう、杏の里と呼ばれておったぞ』

どこかで聞いた覚えがある。

智輝と結菜が行った場所がそういう名前だったような。

うつむいて眼鏡を押し上げ、樹は口角を吊り上げた。

眼鏡の端がキラーンと光る。

「ふふ……アウル、その友達に会いに行きたいよな?」

『む。イツキよ、何か企んでおらんか。雰囲気が怪しいぞ』

「気のせいだよ」

フクロウはしゅーっと羽をすぼめてスリムになって、籠の中で縮こまった。

大人しくなったフクロウを撫でながら樹は考えを巡らせていた。

神殿でじっとしているのも飽きてきたところだったのだ。


次の日の夜、樹はアウルを連れて、こっそり部屋を抜け出した。

一人と一羽は神殿の脇にある畜舎《ちくしゃ》に忍び込む。

「ここでグリフォンを飼ってるって聞いたんだ。グリフォンってあれだろう、空を飛ぶ、人間より大きい鷲《わし》のモンスター」

『イッキよ。グリフォンは貴族や神官などの一部の人間が、万が一の時のための交通手段として飼育している希少な生き物だ。勝手に乗っていくと怒られるぞ』

「大丈夫だ。いざとなったら、勇者のあいつ等に全責任を押し付ける」

樹の肩にとまったフクロウは『オオゥ』と鳴いてぶるぶる震えた。

『何と破天荒《はてんこう》な。いや以前からそうだったか』とぶつぶつ言っている。

常識的なフクロウの忠言は無視して、樹は畜舎の中を進んだ。

畜舎の通路は、所々に火を入れた鉄の箱が置いてあって様子がわかる程度の明るさはあった。羊のような生き物や馬たちのいる場所から奥に入ったところに、一匹だけ離れてグリフォンが柵《さく》の中に立っている。

グリフォンは馬くらいの大きさの生き物で、猛禽類の頭と翼を持っている。薄暗闇に輝く金色の鋭い瞳が樹を見た。

威風堂々《いふうどうどう》としたその姿に、樹は思わず気圧《けお》されて立ち止まる。樹の肩で様子を窺っていたアウルは、向こう見ずな樹の意外に臆病な一面を見て微笑ましく思った。

『イッキや、恐れるな。手を伸ばしてみよ。グリフォンはお主《ぬし》の言うことなら聞くだろう』

「噛まれないだろうな……」

アウルに促されて手を伸ばす。

グリフォンは樹の手を避けなかった。

そっと手を滑らせて首筋を撫でると目を細める。もっと撫でて、と言うようにグリフォンは首を下げて樹の手に頭をこすりつけた。

「可愛いな」

『……普通の人間ではこうはいかないがな』

「何か言ったか？」

『何《なに》もない。ほらイツキ、グリフォンに乗るんじゃろ』

フクロウは小声でぼそっと呟いたが、樹はグリフォンを撫でるのに夢中で聞いていなかった。意外に大人しいグリフォンの背によじ登って跨《また》がる。

「さて。異世界を冒険しに行こうじゃないか」

樹を乗せたグリフォンは畜舎を出ると、夜空に羽ばたいて上昇していった。

03 杏の里へ

樹が神殿を脱走した翌日。

神官トーラは、樹の残した書き置きの紙を発見して呆然としていた。

「私は日本語が読めません……」

紙には「友達を追いかけます。グリフォンは後で返します」と日本語で書いてあった。

異世界人のトーラに読める訳がない。

彼は謎の文字を見つめたが、読めなくても雰囲気で内容を悟った。

「大人しそうな少年だと思っていたのですが、見かけによらず、やんちゃな方のようですね」

この神殿で飼っているグリフォンは樹の乗っていった一匹のみ。

追いかけるのを早々に諦めて、トーラは渋面《じゅうめん》で呟いた。

「勇者様方に文《ふみ》を飛ばして、このことをお知らせしなければ……」

†

一方、智輝と結菜は暇に耐えかねた樹が脱走したことを知らずにいた。

彼等は目的地の、病が流行っているという農村に到着していた。

田畑や森に囲まれた土地で、背の低い民家がぽつぽつと立っている。

人通りは少なく、辺りは静まり返っていた。

「何か嫌な空気だな」

「村長さんの家に行ってみよう」

二人は神官トーラから、この付近のまとめ役の村長の家の場所を聞いていた。

辺りの家の中で最も大きい、村長の家を訪問する。

勇者であることを示す、国の紋章の付いた短剣を見せると、村長は協力的な態度で話に応じてくれた。

この里は杏という果実を特産品としていて、山の上に果樹の畑が広がっている。数か月以上前から、杏の樹木が枯れ始め、それと共に体調を崩す村人が出始めた。

さらには果樹しかない山の上に、魔物が現れるようになり、大層困っているという。

「いつもなら、今の時期は杏の木の花が咲くのです。薄いピンク色のとても可愛らしい花が満開になると、はるばる都からも花見客が訪れます。しかし、今年はそれどころではありません」

村長は、杏が全滅すればこの里の存続は危ういと、深刻そうに嘆息《たんそく》する。

「山の上に行ってみるか」

智輝は自分に言い聞かせるように呟いた。

サポートに徹している結菜も異論が無いようだ。彼女は黙って話の成り行きを見守っていた。勇者の二人が席を立つと、村長も合わせて立ち上がる。

「……お気を付けて」

村長は山の手前まで見送ってくれた。

山道を登りながら、結菜は自分の契約精霊を召喚する。

「来て、リーガル！」

四枚の透き通る翅を背負った、雪のように白い髪の少年が姿を現す。

結菜は風の精霊リーガルに、山の上の状況を教えてくれるように頼んだ。

『この山の上から、歪《ゆが》んだ精霊の気配がする』

半透明の姿で宙に浮きながらリーガルは言った。

「歪んだ精霊？」

『とても嫌な気配だ。どうやらこの地の精霊はおかしくなってしまったらしい』

憂《うれ》いを帯びた眼差しで言うリーガルに、結菜と智輝は首を傾げた。

モンスターが暴れている訳ではないのだろうか。

不思議そうな勇者たちの様子を見たリーガルは、説明を始めた。

『結菜、モンスターや魔物と呼ばれているものには、二種類あるって知ってるかい？』

「いいえ」

『生まれた時から魔物に属しているものと、生まれた時は精霊だったけれど、何らかの理由によって歪んでしまい、魔物になってしまったものの、二種類があるんだよ』

「山の上にいるのは魔物になった精霊？」

『普通は歪むことなんてないんだ。けど最近、世界樹に異常が生じたせいで、おかしくなる精霊が増えている』

「世界樹……って、この世界のどこかにあるっていう噂の、聖なる木よね」

『そう。僕ら精霊は世界樹の力を受けて生まれるんだ』

結菜と智輝が今まで勇者として倒してきたのは、悪魔に近いモンスターたちだった。

しかし今回の敵は、歪んだ精霊だという。

警戒を緩めずに山を登る二人の目に、痛ましい姿になった木々が飛び込んでくる。

村長の話通り、果実がなる木はことごとく枯れて、葉を落としてしまっていた。

「油断すんなよ、結菜。モンスターがいる！」

智輝はそう言って、途中で足を止める。

彼は契約精霊を呼んで、炎の槍を手にした。

結菜も自分の武器である白い杖を取り出す。

すると草が擦れあう音がして、木陰《こかげ》からカマキリのようなモンスターが次々と姿を現した。

数が多い。一匹一匹は大したことが無さそうだが、行く手を阻むように群れるカマキリに、智輝が舌打ちする。

「ボスがいる場所にショートカットで飛びたいぜ！」

「無理言わないの、智輝。ここは異世界だけど、ゲームじゃないんだから」

二人は武器を構えて、襲って来るカマキリたちと戦い始めた。

†

樹はグリフォンに乗って夜通し空を飛んだ。

道案内はフクロウのアウルがしてくれる。

朝日が射してきた頃、ようやく樹たちは目的地の杏の里に辿り着いた。

「どこが、アストラルから近い、だよ……」

『思ったより遠かったのう。ふぉっふぉっふぉ』

考えていた以上に時間が掛かってしまった。

近くなら、夜の間に行って帰って来ることができたのに。

今頃、保険で置いていった置き手紙を神官トーラが目にしていることだろう。

彼に日本語が読めるだろうか。いや、読める訳がない。

「人間、諦めが肝心だよな」

『イツキや。それは諦めではなく開き直りでは』

心の声を読み取ったように、律儀《りちぎ》に突っ込んでくれるフクロウを樹は無視した。

空中を飛ぶグリフォンの背から、陽光に照らされた山野を見下ろす。

人里から少し離れつつあるようで、森の割合が多くなって、民家がまばらになってきた。

グリフォンは人が住む場所を通り過ぎて山の上へ上昇する。

眼下に茶色く枯れた木々が見えた。

『……間に合わんかったか』

フクロウのアウルが深刻そうに呟く。

アウルの指示で、グリフォンは尾根の上に着地した。

樹はグリフォンの背から飛び降りた。

「とりあえず、お前は戻れよ」

くーん。

グリフォンは首を傾げて鳴いたが、樹が首筋を叩いて空を指すと、意図を察したようだ。

元いた場所へ、空を飛んで帰っていった。

樹はフクロウを肩に乗せて、山の尾根を歩き出す。

「山の上にしては、空気が悪いな」

『……』

冷たく澄《す》んだ空気に、酸《す》っぱいような腐臭が混じっていて、樹は鼻を押さえる。

辺りの草や木は茶色く枯れてしなだれている。

アウルの指示する方向へ歩くと、ひと際《きわ》大きな木が見えてきた。

しだれ桜のような風体のその木も、周囲と同じく枯れ果てている。

その木の根元に、数メートル近くある灰色の獣がうずくまっていた。四本の短い脚に長い胴を持った毛の長い獣だ。あまりに大きいので一目で分からなかったが、近付いてみるとそれはイタチのような生き物だった。
『クレパスや。わしじゃ、分かるか』

ヴヴヴ……。

フクロウが話しかけるが、返ってきたのは獣の唸り声のみ。
大イタチは赤く濁《にご》った瞳を樹たちに向ける。
『もはや言葉も失ってしもうたか……』
悲しそうに言うアウル。
樹は大イタチが敵意を持って睨んできているのを見て、数歩後ずさった。
「こいつ、大丈夫なのか。目がイっちゃってるけど」
『大丈夫ではない』
「おいおい！」
大イタチは大きく唸り声をあげると、樹に向かって飛びかかってくる。
慌てて樹は走り出し、間一髪《かんいっぱつ》で大イタチの攻撃を回避した。
『イツキや、逃げるのじゃ』

「僕らは何しに来たんだ⁉」

枯れた木々の間をジグザグに走る。

こうなるとグリフォンを先に帰してしまったことが悔やまれる。

グリフォンがいれば空を飛んで逃げられたのに。

すばしこい大イタチは吠えながら樹たちを追跡してくる。

「わっ」

焦った樹は木の根につまずいて転んだ。

追ってきた大イタチが目前に迫っている。


シャアッ！


吠えた大イタチの鼻先に、丸いボールのような物体がぶつかった。

茶色い羽毛の塊が撥《は》ね返されて地面に転がる。砂埃と羽毛が飛び散った。

「アウル⁉」

飛べないフクロウは、ジャンプして大イタチに体当たりしたのだ。

大イタチは目に羽毛が入ったのか、動きを止めて前脚で顔をこすっている。

樹は敵の前だということも忘れ、慌てて地面に転がるフクロウの前に膝をついた。

イタチの鋭い爪が触れたからか、フクロウの茶色い羽毛は無残に散り、赤い血が胸元に滲《にじ》んでいた。

アウルは愕然《がくぜん》とする樹の顔を見上げると、金色の瞳を開いて、閉じた。

『……イツキ。お前の精霊武器《スピリットアーム》を……』

「精霊武器？」

呆然と聞き返すが、フクロウはその言葉を最後に動かなくなった。

その姿を見た樹の胸に正体不明の感情が溢れ出す。

魂の奥底から、忘却の淵《ふち》の底から、記憶の泡が意識の表面へと上昇する。

精霊武器。

アウルの言葉の意味するところを、樹は知らないが、魂のどこかで理解していた。

ゆらりと立ち上がって呟く。

「……世界樹《イグドラシル》よ、僕に力を」

無意識に口から出た言葉は、自分自身が知らないものだった。

祈りの言葉はすぐに世界に受理される。

樹の前に緑色の光が集まり、一振りの剣の姿を形作る。優美な装飾が施されたシンプルな長剣だ。

銀色の刃は透き通って内側から溢れるように虹色に輝いた。

樹は腕を伸ばして片手で剣の柄《つか》を握る。剣は重くも軽くもなく不思議と手になじんだ。

大イタチの姿を見ながら、樹はふと思いついて眼鏡を外して懐にしまった。

これから立ち回りをするのに邪魔だと思ったのだ。

それに、何故か眼鏡が無い方がよく見える気がした。

剣を身体の中心に据える樹は、本人も知らぬ内に、眼鏡を外した両目の色が変化していく。

鮮やかな新緑《しんりょく》の色、透き通る翠玉《すいぎょく》の色へと。

04　約束の続き

剣を構えた樹の両眼が碧《みどり》に染まる。

眼鏡を外した樹だが、世界がぼやけることなくはっきり見えることに内心驚いていた。

この時の樹は知らないのだが、今使っているのは精霊演武《スピリットダンス》の技、下級第一種の霊視《れいし》だ。精霊の力を借りて肉眼で確認できない、霊的な現象を視《み》る技である。

通常は、精霊から力を借りる方法を修業して会得するのだが、樹は息をするより自然に霊視を使っていた。

枯れた木々の間で仁王立《におうだ》ちになる大イタチ。

その大イタチを取り巻く黒い線が見える。まるで操り人形を吊る糸のように、黒い糸が大イタチにまとわりついている。

あれを切ればいい。

そう悟った樹は剣を手に駆け出した。

襲って来る大イタチの動きは無視して、大イタチに絡みつく糸を手にした剣で断ち切る。


キシャアァ……！


樹に爪を落とす間際《まぎわ》で、大イタチは唸り声を上げて身体をくねらせた。

黒い糸がはらりと大地に落ちて消える。

その効果を確認せずに、樹は目に映る黒い糸を次々と切り続ける。

大イタチに絡んだ糸の過半数がちぎれて消える。糸から解放された大イタチは、痙攣《けいれん》して大地に崩れ落ちた。地面に伸びたイタチはサイズが縮んで小さくなる。

今まで空間を占拠《せんきょ》していた大イタチがいなくなって、見晴らしがよくなった。

障害物が消えて、奥のひと際大きいしだれ桜のような樹木が露《あら》わになる。

樹は翠眼《すいがん》を細めてその木を見た。

木に黒いコブのようなキノコが生えていて、黒い糸はそこから伸びている。鼻をつく腐臭はコブから漂《ただよ》ってきていた。

気持ちが悪い。

無意識に顔をしかめると、樹はその木に無造作《むぞうさ》に歩み寄った。

心臓のように脈打つ黒いコブに剣を突き刺す。

「消えろっ」

一声叫んで剣を握る手に力を込める。

コブに突き刺さった剣が、七色の光を放った。

光に焼かれて、黒いコブが白い煙を上げて小さくなる。空気に溶けるように黒い糸が消えた。黒いコブはみるみる内に爪の先サイズまで縮小して燃え尽きる。それと同時に、空気に混じっていた腐臭が消え失せた。

樹は剣を引き抜く。

不思議なことに、突き刺したはずの木の幹には傷ひとつない。

用を終えた剣は樹の手の中で虹色の光の粒になって、空中に溶け消える。

戦いは終わった。


樹は振り返って、フクロウの倒れている場所に戻った。

ぐったりと動かないフクロウを抱き上げる。

だらりと翼を垂らした鳥は腕に収まりきらず、手のひらから羽毛がこぼれ落ちた。

サイズが大きい割に腕にかかる負担は軽い。

動かないアウルの身体からは生命の熱が感じられず、手のひらには冷たい体温が伝わってきた。

「死んでる……？」

前屈《かが》みにフクロウをぎゅっと抱え込む。

イタチの一撃は致命傷だったのか。

呆然とする彼の翠眼から透明な滴《しずく》が頬を伝う。

「僕は何で」

異世界の、人間でもない、ちょっと出会っただけの鳥が死のうと、どうでもいいじゃないか。

だけど、ああ。

何故こんなに悲しいと思うのか。

茶色い羽毛の上に、ぽとりと水滴が落ちた。

樹の足元から、緩やかに暖かい風が湧き起こる。

光の粒が周囲の空中に発生する。

微細に煌《きら》めく光の粒は、樹の背中に集まって翅のかたちを形成した。

右に四枚。

左に四枚。

合計八枚の翅。


光の粒が風に乗って舞い踊る。

世界樹に選ばれし魂、生命を司《つかさど》る最高位の精霊が、今、この世界に戻って来た。


樹の足元から緑が広がっていく。

生命の緑色が枯れた木々を染めていき、木々は息を吹き返した。

草木が上に向かって伸び、しぼんでいた木の幹や枝に水分が行き渡る。木の枝に、丸い芽と共につぼみが膨らんだ。急速に時間を早送りするように、見る間につぼみは綻《ほころ》んで、薄いピンク色の花が咲く。


ここは杏の里。

果実樹の花は甘い香りを放ちながら、次々と満開になった。

山の上は花霞《はながすみ》となる。

満開の花の間を暖かい風が吹き抜ける。その風が、樹の腕の中のフクロウを撫でた。

茶色い羽毛が膨らむ。いつの間にか、フクロウの傷は癒《い》えていた。

フクロウは身じろぎして金色の瞳を開ける。

『イツキ……』

「おはよう、アウル」

人間に切られた風切り羽も再生したらしい。

フクロウは翼を広げると、樹の腕の中から飛び上がる。

『これは……!?』

アウルは一気に花景色となった山の風景と、八枚の光の翅を背負った樹の姿に驚愕した。

樹は微笑んで言う。

「思い出したんだ。花見の約束をしてたよな、アウル。少し遅れたけど、これでいいかな」

あの時は花見ができなかったけど。

そう呟くとフクロウは樹の肩にとまって、感極《かんきわ》まったように嘴をカチカチ鳴らした。

『いや……いや……充分じゃよ』

一人と一羽はしばらく、言葉もなくただ満開の花景色を眺めた。

†

モンスターと戦闘していた結菜は、事態の変化に唖然《あぜん》とした。

いきなり暖かい風が吹いたかと思うと、山の頂上から緑が広がっていき、枯れた木々が生き返って花が咲き出したのだ。カマキリのモンスターたちは見る間にサイズが縮んで、普通の手のひら大のカマキリになってしまった。

もはや戦闘する意味はない。

武器を収めた結菜と智輝は、顔を見合わせた。

「いったい何が起こったんだ」

『……山の天辺で強い精霊の気配を感じるわ。これは……私以上の位階《いかい》の精霊、最高位の精霊の力よ』

「何⁉」

紅い髪の少女の姿をした火の上位精霊ルージュは、山を見上げながら勇者に説明する。

『最高位の精霊が降りて、直接歪みの原因を正したようね。もうこの山に危険はないわ』

「えー、俺たち何しにここに来たんだ」

智輝は山を見上げて愚痴《ぐち》った。

一方の結菜は、咲き誇る花々を見て「平和でいいじゃない」と微笑む。

二人は念のため山に登って周囲を確認したが、歪みを正したという精霊の姿は無かった。どうやら既に去った後らしい。花吹雪《はなふぶき》に吹かれながら、勇者二人は無事に下山した。

状況を報告しようと勇者二人は、杏の里の村長の家に寄り、そこでまたびっくりする羽目になった。

「い、樹、何でここに⁉」

「結菜、智輝。待ちくたびれたぞ、もぐもぐ」

アストラルの神殿に置いてきた友人は何故か、村長の家で二人を待っていた。

しかも茶と団子《だんご》を振舞われて、すっかり我が物顔で居座っている。

実は精霊の力を使って先に下山した樹は「あー疲れた。この僕が花咲かじいさんの真似事をして里を救ってやったのだから、この里の村長は僕を歓待してしかるべきだろう」という謎の理屈をこねて村長の家を訪ねた。

ちょうど里の人々は、急に咲いた花に戸惑っていたところだった。

人々は急な異変を怪しみつつも、空気も清浄になっているし、病人も同時に回復したし、勇者様が解決してくれたのだろうと、ひとまず喜ぶことにした。

そのような訳で、村長は勇者の友人だという樹を無下《むげ》にできず、茶と茶菓子を出したのである。

「勇者様、この度は誠にありがとうございます！」

「へ⁉」

「凄いな智輝、山を元に戻したんだって？　さすが勇者だ！」

感謝感激の村長に便乗して、樹も煽るように言葉を重ねる。

すっかり勇者が解決した空気になってしまって、否定しようにもできない状況であった。

結菜と智輝は引きつった顔で「い、いえ」と口ごもる。

「お疲れでしょう。どうぞゆっくりしていってください」

村長はにこにこ笑顔で夕食と宿泊を勧めてくる。

自分たちが解決した訳ではないのにもてなしを受けるとは、と二人は罪悪感を覚えたが、樹が「ありがとうございます！」と嬉しそうに言ったので、村長の家に泊まることになってしまった。

冷静に見れば勇者の顔は引きつっていて違和感があるのだが、花吹雪に浮かれる里の人々と村長はまったく気付かなかった。

客間に通されて村長が去った後、結菜は前のめりになって樹に聞く。

「樹君、どうしてここにいるの？」

「神殿にいると暇だったんで、グリフォンを借りて追いかけてきた」

「待ってろって言っただろうが！」

勝手なことをした樹に、智輝は憤《いきどお》りを感じて声を荒らげる。

それに対して樹はしごく冷静に返答した。

「いじめられたんだ」

「え？」

「神官たちは、僕が神殿にいない方がいいと考えているらしい」

憂いを帯びた眼差しで窓の外を見て黄昏《たそがれ》る樹。

単純な智輝はころっと騙《だま》された。

「そうか、置いていって悪かったな」

実際は、いじめの事実などまったく無いのだが、それを立証するのは困難である。残念なことに、ここには当事者の片方である神官たちはいなかった。しかし、もしいたとしても、樹が「いじめられた」と言い張れば通ってしまうだろう。

窓の方を向く樹が、眼鏡を光らせて腹黒い笑みを浮かべていることに、誰も気付かなかった。

「分かった。これからは一緒に行こう」

「事件は解決しただろう。神殿に戻らないのか」

「うーん」

異世界と地球を行き来するための召喚陣が再使用できるようになるまで、まだ半月はかかる。その間どうするのかと問うと、結菜が答える。

「他にも同じような事件が起きてるらしいの。原因は世界樹に異変が起きてるからだって。私たち、世界樹の様子を見に行こうって話してたの」

「世界樹……」

「この世界のどこかにある、凄く大きな木よ」

うつむいた樹は「好都合だな」と呟いたが、その声は小さく誰にも届かなかった。

智輝は樹の肩を抱いて宣言する。

「よしっ、一緒に世界を救う冒険の旅に出ようぜ。大丈夫！　樹は俺たちが守るから」

「勇者に守られるなら心強いな」

「だろ？」

こうして、勇者二名と一般人一名による世界を救う旅が始まった。

第二章　精霊との絆

01　お喚びですか親分

さて、世界樹に向かって旅をすることに決めた勇者一行。

彼等には問題が二つあった。

一つ目は、世界樹の場所が分からないということ。

二つ目は、勇者一行に若干一名の一般人が混じっていること。

一つ目の問題点については、世界樹に詳しいエルフの住む森へ行って、情報を収集することにした。

二つ目の問題点については、当の一般人（を装った）の樹から提案があった。

「僕に精霊演武《スピリットダンス》を教えてくれ。せめて足手まといにならないようにしたい」

そう言う樹に、結菜と智輝は顔を見合わせた。

「精霊と契約してないと、精霊演武《スピリットダンス》は使えないぞ」

智輝は頭を掻いて困り顔で答える。

「樹君、まずは精霊の契約からね」

そう結菜が続けた。

「いや。僕は既に契約精霊を見つけた」

「「え⁉」」

眼鏡を押し上げて平然と言う樹に、結菜と智輝は驚愕した。いつの間に精霊と仲良くなったのだろうか。

「来い、クレパス！」

樹が喚ぶと肩の上辺りの空間に光がはじけ、白いイタチが姿を現した。

オコジョにも似た、長くしなやかな胴体に丸い耳を持った獣だ。精霊の証である背中の翅は二枚。下位精霊らしい。

喚ばれた精霊は空中で直立すると、短い前脚を上げてビシッと敬礼した。

『お喚びですか、親分！』

「親分って呼ぶなって言っただろうがっ」

空中でふよふよ浮くイタチを、樹は無造作にはたき落とす。

ペショッとイタチは地面に落ちてつぶれた。

「すまない。躾《しつけ》がなっていなかったようだ……」

「いや、躾っていうか……親分？」

智輝は目の前で繰り広げられた漫才じみたやり取りに絶句する。

彼の突っ込みを無視して、樹は淡々と言った。

「これで条件は満たしているだろう。精霊演武を教えてくれ」


実は樹が喚び出した白いイタチは、先日、杏の里で暴れていた精霊クレパスである。樹が歪みを正したので元の姿に戻ったのだった。

勿論《もちろん》クレパスは樹の契約精霊ではない。

樹自身が、この世界では世界樹の精霊のため、精霊同士では契約できない。

クレパスは子分のようなものだ。

最高位の精霊である樹を「親分」と呼んで、自らへこへこしている。

実際、世界樹の精霊は全ての精霊の頂点なので間違ってはいないのだが、「親分」というと何となくヤクザのボスを思い浮かべてしまう樹だった。

「……今度、親分と呼んだら翅をむしるからな」

『ハハハイッ！　すいませんオヤビン！』

翅をむしられたら精霊から普通の動物に降格してしまう。

クレパスは震え上がって姿勢を正す。

親分がオヤビンになっても、意味は全然変わらない。人間と契約した精霊が普通はそう呼ぶように、例えば「ご主人様」とか「イツキ様」と呼んでくれれば良いのだ。親分なんて、樹が特別だと言っているようではないか。このイタチの精霊はちょっとばかりおつむが弱い。

「まったく……」

「樹君、精霊とは仲良くね。仲が良いほど力が借りやすくなるんだよ」

結菜が苦笑しながら樹に言う。

世界樹の精霊である樹にとって全ての精霊は家族であり、友人であり、部下であり……その関係は人間のものと少し異なる。また、精霊同士は仲間意識が強いので、結菜の言うように「仲良く」する努力は必要ない。しかし、樹は「そうか」と大人しく頷いた。友人たちには、自分が世界樹の精霊だということは秘密にするつもりだからだ。

「じゃあまずは、精霊演武《スピリットダンス》の下級第二種の跳躍をやってみようか」

エルフの森に行く途中の街道で、樹は結菜に精霊演武を教わることになった。

樹はクレパスを従えて、臨時教師の結菜と向き合う。

「跳躍とは、精霊の力を借りてジャンプする技です。普通にジャンプするより、高く跳べるよ」

「ふむ。例えば飛竜と戦う時には高さが必要という訳か」

「そうそう」

最初にこの世界に来た時に見た、智輝の戦闘を思い出す。

智輝は飛竜との戦闘で、普通の人間では有り得ない高さにジャンプして攻撃していた。

「まずは精霊にお願いして力を借りるの。その力を足に込めて、地面を二度踏むような感じで跳ぶんだよ」

「ふむ……」

クレパスを見る。

白いイタチはやる気のない感じで空中に寝そべっていた。

親分、別においらの力は必要ないでしょ、という内心が丸見えである。

「やってみよう」

樹はイタチの首根っこを掴むと、自身の精霊の力を足元に込めた。幼い頃、世界樹の枝を飛び移っていたことを思い出す。あの頃の感覚を再現するつもりで、軽く大地を蹴る。

「え？」

結菜は目を丸くした。

一発で跳躍を成功させた樹は、大きくジャンプして近くの木の枝へ移った。

それは初めてにしては滑《なめ》らかで、慣れた動きだった。

「こんな感じか？」

「そ、そうだけど、樹君」

私が習得に三日かかった技を、何で説明もろくにしてないのに、たった一回で成功させるの⁉

結菜は顔を引きつらせた。先輩勇者の面目《めんぼく》丸つぶれである。

『……てか親分、翅があるんだから。跳躍しなくても普通に飛んだらいいのに』

樹に首根っこを掴まれたイタチは、ぶらんぶらん揺れながら小声でボソッと言った。

「クレパス。お前は一回生まれ直したらいいよ」

樹は片手でキュッとイタチの首を掴んで力を入れる。

『うわーっ、親分ギブッす！　マジで首絞めないで！』

イタチは『親分が言うと洒落《しゃれ》になんねえっすよ！』と慌ててシャウトした。

樹は半分本気だったが、生まれ直してもコイツは阿呆だろうという失礼な結論に達したので、イタチを絞めるのは途中で諦めた。

「ところで、もうちょっと教えて欲しいんだが」

「つ、続きはまた今度にしよう！」

わたわた手を振って結菜は引きつった笑みを浮かべる。

一般人の樹にこれ以上教えて追いつかれてしまったら、勇者の沽券《こけん》に関わる。彼女は、有り得ない速度で精霊演武《スピリットダンス》を習得した樹に危機感を覚えた。

樹は残念に思った。

「そうか、また明日に……」

「明日はエルフの住む森に入るから、教えてる余裕ないかも」

樹たちは街道を逸れて、エルフが住むという森に入る予定だった。

「エルフか。耳が長くて金髪碧眼《へきがん》なのか」

「うん。耳はちょっと兎耳《うさぎみみ》っぽいよ」

「兎耳？」

結菜によると、この世界のエルフ族は金髪碧眼で美男美女が多く、線が細いところまでは日本人のイメージ通りだが、耳だけは兎に近いらしい。どちらにしても美しいという森の妖精を、樹も見てみたいと思った。

「智輝は、勇者の俺はエルフの美女を集めてハーレム作るぞ～って張り切ってるけど」

「阿呆だな」

「本当、男の子って何でハーレム作りたいのかしら。一人の人を大切にする方がずっとロマンチックなのに」

不満そうに呟く結菜。

女性はそう考えるのか、と樹は興味深く思った。

男性にはプライドや欲がある。勿論、一人の女性を大事にしたいという思いもあるが、多数の女性にちやほやされたいと妄想するのも自然なことだ。

「……樹君は女の子にデレデレしたりしないタイプだよね。そこがクールでいいんだけど」

「何か言ったか？」

「何でもない！」

小声で言われた言葉が聞き取れなくて首を傾げる。聞き返すと、結菜は顔の前で手を振った。少し頬が赤い。風邪でもひいたのだろうか。

「今日はもう休もう！　智輝もそろそろ偵察と食料集めから帰って来るだろうし」

確かにもう夕暮れだ。

勇者一行は、街道近くの小川の側《そば》で野営をすることにした。


その夜、樹は同じテントで寝ている智輝に「用を足してくる」と断って、天幕の外に出た。寝ぼけていた智輝は「うん」と言った後、再度眠りの世界に旅立った。この調子なら、しばらく戻らなくても気付かれないだろう。

樹は小川に沿って歩く。

精霊演武《スピリットダンス》の霊視を使っているので、暗くて足元が見えないということはない。

テントから離れたところでバサッと羽ばたく音がして、金色の瞳を光らせたフクロウが飛んで来た。

『夜の散歩か、イツキや』

「うん。ちょっとね」

フクロウは樹が伸ばした腕の先に降り、腕を伝って肩まで登るとそこにとまった。

ぷーっと茶色い羽を膨らませて、嘴をカチカチ鳴らす。

樹は肩の上のフクロウに話しかけた。

「それにしても、世界樹の精霊である僕が、世界樹の場所が分からないとはね」

『世界樹への道は、今は悪意ある意思の力で閉ざされておる。仕方あるまいよ』

樹はこの世界の中心である、世界樹に宿る精霊の魂を持っている。

つい先日そのことを思い出した樹だが、肝心の世界樹を見たいと思っても場所が分からないことに気付いた。世界樹の存在は感じ取れるし、自分と世界樹が繋がっている感覚もある。しかしその感覚はぼんやりとしていて、今にも途切れそうなほど不安定だった。

『イツキや。これからは精霊の力を使うのを最小限にした方が良い』

「どうして？」

『今のお前は、魂は精霊でも肉体は人間じゃ。まだバランスは取れておるが、精霊の力を使い過ぎると精霊に近付いてしまう。元いた世界に帰れなくなってしまうぞ』

フクロウのアウルは警告する。

世話焼きのフクロウは樹のことを心配していた。アウルを含めこの世界の精霊たちは、樹がこの世界に留まることを、諸手《もろて》を上げて歓迎するだろう。しかし、樹が元いた世界を捨てて悲しい思いをするなら、自分たちが我慢しようと考えていた。

「分かった。加減するよ」

答えた樹は親愛の情を込めて、フクロウの羽をわしゃわしゃ撫でた。

フクロウを肩に乗せたまま少し夜道を散歩した樹は、適当なところで切り上げてフクロウと別れ、テントに戻った。

明日はいよいよ、エルフが住む森に入る。

兎耳だというエルフを見るのが楽しみだ。

02　迷いの森

樹たちは街道を逸れて、エルフが住むという森——オレイリアに入っていった。

人の手が入っていないからか、森の木々は一本一本がとても太く、足元には枯葉が降り積もっている。人が通った跡どころか、獣道さえほとんど見受けられない。

歩きながら結菜が樹に説明する。

「オレイリアは凄く広い森で、ロステン王国の国境を越えて、隣の国のセイファート帝国まで広がっているの」

「そんな広い森で、目印無しにエルフの里に辿り着けるのか？」

「大丈夫！　この魔道具のコンパスがあれば……って、え⁉」

結菜が見せびらかすように掲げたコンパスを、突如、空から舞い降りた黒いカラスが奪い去っていく。

一瞬の早業《はやわざ》だった。

戦利品を持って飛び去るカラスに、智輝は拳を振り上げた。

「くそっ、おい、あの鳥、捕まえて今日の晩飯にするぞ！」

「ちょっと待って、智輝！　この森は別名迷いの森でコンパスなしじゃ迷うから、私たちから離れないで！」

智輝は聞いていなかった。

精霊演武《スピリットダンス》の跳躍を使い、カラスを追いかけて遥か上空へ跳び上がる。空間が不自然に揺らいで、その姿がカラスと共に見えなくなった。

「あー、もう！　樹君、動かないで」

「と言って結菜、君が歩いていいのか？」

樹が突っ込んだ時には既に遅し。

近寄ろうとこちらに数歩進んだ結菜の姿がかき消える。

「……」

あっという間に樹たちはバラバラになった。

一人になった樹は、溜息をついて頭を掻く。どうしたものか。

『大丈夫か、イツキや』

「アウル」

悩んでいると、上空からバサバサと羽音がしてフクロウが降りてきた。

アウルは最近の定位置である樹の肩にとまる。

「よく僕の居場所が分かったな」

『この迷いの森の魔法に惑わされるのは、人間と一部の魔物だけじゃよ』

動物や精霊は迷いの魔法に掛からないらしい。

精霊の魂を持つ樹も、この迷いの森の異空間に取り込まれずに、真っ直ぐ歩くことができる。

「どうやって智輝や結菜と合流しようかな」

『迷いの異空間に入ってしまったなら、こちらから迎えに行くのは難しいぞ。エルフの里へ行って、彼等に一時的に迷いの森の魔法を解いてもらってから合流するのが良かろう』

「そうするか」

アウルの提案に樹は頷いた。

どこにいるか分からない友人たちを探して歩き回るのは、骨が折れそうだ。

『まあ彼等も勇者であるし、自力で異空間を脱出する可能性も無くはない』

「じゃあほっとくか」

『イツキや、お主最近、段々腹黒くなっておらんか……？』

律儀なフクロウの突っ込みを無視して、樹は森の中を歩き出した。

「エルフの里はどこにあるんだ？」

『方向は分かるから、わしが案内しよう』

フクロウは大きな片翼を広げて、方向を示す。

樹は進みながらフクロウに愚痴った。

「結菜の奴、精霊演武《スピリットダンス》の跳躍しか教えてくれなかったんだ」

『通常は日にちを掛けて習得するものだからのう』

「他の技も教えて欲しかった」

『では僭越《せんえつ》ながらわしがひとつ、教えてやろう』

「本当か⁉」

アウルは胸を張って得意そうにほうほうと鳴いた。

『精霊演武の下級第三種、察知じゃ。精霊の感覚で危険を事前に感じ取り、避けるのじゃよ』

「へえ」

『心を研《と》ぎ澄ませ、世界に耳を傾けるのじゃ』

フクロウの言葉に従って、樹は足を止め、耳を澄ませる。

人のいない森はとても静かで、先ほどまで樹の足音だけが騒々《そうぞう》しく響いていた。樹が足を止めた今は、風の音と木々の枝葉がこすれあう音だけが響いている。

……いや。

鋭い風切り音を聞いた樹は、本能的に数歩横に動く。

ヒュン！

一拍遅れて白い尾羽《おばね》のついた矢が樹のいた場所を通り過ぎ、後ろの樹木に突き刺さる。

『……と、いうのが察知の技じゃ』

「なるほどよく分かった」

狙ったのか偶然なのか。実地で技を成功させた樹は、眼鏡の縁をいじりながら矢の飛んできた方向を見つめた。

そこにはカーキ色の狩人《かりゅうど》らしい服装をした、金髪の少女が弓矢を構えて立っている。

彼女の金髪の巻き毛からは、白い兎耳のような長い耳が飛び出ていた。

森に入る前に聞いた話と、特徴が一致している。彼女が噂のエルフらしい。

「そこの侵入者！　成敗《せいばい》してやるから大人しく倒されなさい！」

少女はへっぴり腰で弓矢を構えながら、震え声を張り上げて樹を威嚇《いかく》した。


初めてエルフに会った樹は、興味深く彼女を観察する。

森の妖精の異名《いみょう》に相応《ふさわ》しく、可憐《かれん》で繊細な容姿の美少女だ。柔らかそうな金髪の巻き毛は背中まで伸びている。金髪の左右から長くて白い耳が生えている。その耳は兎のように、白金《しろがね》の細かい毛に包まれていた。少女は動きやすそうな狩人の格好をしていて、弓矢を構えている。

澄んだ湖の色の瞳が勝ち気に樹を睨んだが、その目の端には涙が溜まっていた。

細い腕や足はガクガク震えている。

「そっ、そこの侵入者、動かないで！」

一生懸命、弓矢を引き絞ろうとする少女。

樹は困った。

「いや、動かなかったら矢が刺さるじゃないか」

「と、当然よ！」

「僕は君たちの敵じゃないと思うんだが」

「敵じゃない……？」

エルフの少女は迷っているようだ。

が、しかし。

「でも、コンパスを持ってない人間は森の外に追い払えって、長《おさ》から言われてるんだから！」

「コンパスは無くしただけで」

「問答無用《もんどうむよう》！　出《い》でよ、金火狐《フォクシー》、ココン！」

聞く耳を持たない少女は、臨戦態勢で精霊を喚び出した。

少女の前に金色の炎が噴き出し、中から同じ色の毛並みの狐が現れる。尖った耳に三本の尻尾を持った金色の狐だ。その背中には二枚の翅がある。下位精霊のようだ。

「ココン、狐火《きつねび》を頂戴《ちょうだい》！」

『……』

「いい加減、私の言うことを聞きなさい！　というか聞いてよ、お願いだから！」

現れた狐はツーンとそっぽを向いて、少女の命令に従わずに毛づくろいを始めた。

『……おやおや。精霊との関係がうまくいっていないようだのう』

「仲が良いから契約したんじゃないのか」

『下位精霊は、条件が揃えば強引に契約することも可能じゃ』

慌てふためく少女と、頑《かたく》なに彼女を無視する狐のやり取りを見ながら、樹はアウルとのんびり雑談した。

「ココン、ココン……ふえ～ん」

がんとして動かない狐に、少女は泣き出してしまった。

樹は何となく罪悪感を覚えた。

目の前で泣かれると、自分が泣かせてしまったようではないか。

「えーと、もしもし……」

「ぐすっ」

「用が済んだらすぐに森から出ていくから、エルフの里に案内してくれないか」

頼むと、少女は湖の色の瞳を見開いて樹を睨んだ。

「不審者！　エルフの里に何の用です⁉」

「友人が迷ってしまったんで、一時的に迷いの森の魔法を解いて欲しくて……」

「迷いの森の魔法を解く⁉　そんなことをしたら悪意のある者が入り放題になってしまうじゃないですか！　やっぱり不審者ね！」

会話が堂々巡りだ。

樹は深い溜め息をつくと、しゃがみこんで狐に話しかけた。

「おいココンとやら。話が通じない主で苦労するな」

『……分かってくださいますか』

狐はケーンと鳴いた。

手招きすると樹の方へ近寄って来る。

樹は狐の金色の毛並みを撫でた。精霊は出現時に半実体化しているため、一応触ることができる。

金色の毛並みはとても柔らかい。手櫛《てぐし》ですいてやると、狐はうっとり目を細めた。

「何で？　ココン……」

「君はもっと精霊の気持ちを知る努力をした方がいい」

狐を思う存分モフりながら、樹は諭《さと》すように言った。

「まずは、落ち着いて相手の言うことをよく聞くこと。全てのコミュニケーションはそこから始まる」

「……おばあ様と、同じことを言うのね」

少女は狐の精霊と戯れる樹を見つめる。

冷静になってよく見れば、風変わりな眼鏡をかけた青年は肩にフクロウを乗せていた。フクロウからは精霊に似た気配がする。魔物ではなく霊獣の類《たぐい》らしい。人間には魔物と霊獣の区別がつかないが、エルフである少女には違いが分かった。

フクロウの霊獣を肩にとまらせ、狐の精霊が警戒することなく毛並みを撫でることを許す青年。

精霊や霊獣は世界の守護者であり、善人に力を貸す存在だ。

彼等が親しく接する者が悪人であるはずがない。

「……分かった。里に案内する。私はソフィー、あなたの名前は？」

「樹だよ」

「イッキ。私にも、精霊と仲良くする方法を教えてよ」

ソフィーは涙を拭くと、樹の前に立って里までの案内を始めた。

03 エルフの里

エルフの少女ソフィーと森の中を歩く樹。

やがてアーチ状に曲がった、二本の木を利用した門が見えてくる。

門をくぐると、そこはエルフの里だった。

エルフたちは樹上に住居を作るらしく、各家から梯子《はしご》や階段が伸びている。

人通りは少なく、道行くエルフたちは珍しそうに樹をちらちら見たが、声を掛けてはこなかった。

「おばあ様！　客人を連れて来ました」

「何じゃ騒々しい」

奥にある大きな家に着くと、ソフィーは階段を上って声を張り上げる。

家の中から現れたのは「おばあ様」と言われた割に、若そうな銀髪の美女だった。

美女は裸身に適当なローブを巻き付けただけのような薄着だった。はだけた胸元から豊かな膨らみが見えている。彼女は面倒くさそうに銀髪をかきあげて、ラピスラズリを思わせる青色の瞳で樹を見た。

「へえ」

銀髪のエルフは口元に笑みを浮かべて、フクロウを肩に乗せたままの樹を観察する。樹は眼鏡のズレを直すと真っ直ぐ彼女を見返した。

何故だか視線を逸らしたら負けな気がする。

「……ソフィー。長に見回りの結果を報告しといで」

「え？　でもイツキは」

「私がもてなそう。長にはこのセリエラが、彼を客人として認めたと伝えなさい。それで通じるはずだ」

ソフィーは戸惑って樹と銀髪のエルフ、セリエラを見比べる。

だが、おばあ様の指示は絶対らしい。

「分かった」

そう言って彼女は軽快に階段を下って行った。

後に残った樹を、セリエラは家の中に迎え入れる。

「お邪魔します……」

フクロウは『わしは外で待っておる』と鳴いて、樹の肩から離れる。

樹は、雑多な物がところ狭しと積まれている屋内に足を踏み入れた。

薬草の束や木の実の入った袋が並んでいるかと思えば、その上に無造作に分厚い書物が置かれていたりする。謎の藁《わら》人形や、箒《ほうき》や、不気味な紋様の描かれたタペストリーが混沌とした雰囲気を作っていた。

セリエラは、樹を比較的片付いている居間に通す。

彼女は手早く茶を入れて、椅子に座った樹の前にカップを置いた。そして、六角形の結晶が複数入った器をカップの隣に置く。

「この結晶は砂糖さ。入れてごらん」

カップの中には鮮やかな水色の液体が入っていて、中央に可愛らしい星型の花が浮かんでいる。

勧められた通りに指先ほどの砂糖の結晶を落とすと、液体の色がすうっと綺麗なピンク色に変わった。

「へえ」

樹は色の変化に驚く。

温かいピンク色の液体からは花の匂いがした。

カップを持っておそるおそる口をつける。ほんのり爽《さわ》やかで甘酸っぱい、不思議な味がした。

「坊やからは、とても強い精霊の気配がするねえ。でも、身体は普通の人間のようだ。上位の精霊に取り憑《つ》かれているのかしら。それとも我々エルフ族のように、精霊の血を引いているのかな？」

お茶を飲む樹を興味深そうに観察しながら、セリエラは言う。

樹はカップを置くと答えた。

「どちらでもありません。エルフは精霊の血を引いているんですか？」

「エルフの始祖は、精霊に取り憑かれた生き物と人の間の子供さ。長い年月と共に世代を重ねて、精霊の特性は失われてしまったがね。坊やはどちらでもないのか。正解を教えてくれないのかい」

「秘密です」

「面白いねえ。そう言われると坊やに興味が湧いちまうよ」

セリエラは楽しそうに目を輝かせた。

「坊やはいったいどうしてこの森に来たんだい？」

「友人の用事で一緒に。でも途中で友人がコンパスを無くして、はぐれてしまいました」

世界樹の情報を求めて来た、とは今は言わない。

涼しい顔をしていても樹は友人の安否を心配していた。

今は結菜たちと合流する方が先だ。

「そりゃ困ったことだねえ。友人は坊やと違って普通の人間なのかい？」

「はい」

「それじゃあ異空間にいる訳か。迷いの森の魔法を解くか、異空間に詳しいエルフが直接迎えに行くか。どちらにしても今は少し都合が悪い」

事情を聞いたセリエラは顔をしかめた。

「今はね、赤魔大熊《イビルベアー》の群れが森に入ってきて、その対応中なんだよ」

「赤魔大熊？」

「悪魔の力を受けて凶悪に変化した熊の魔物さ。迷いの森の魔法は、エルフの里から人間と魔物を遠ざけるためのもの。魔物の襲撃を受けている今、魔法を解くことはできないんだよ」

エルフたちは魔物を異空間に放り込んで、各個に分断した上で複数人で袋叩きにして倒しているらしい。

また、下手に無関係な人間が入ってきて戦いに巻き込まれないよう、里を挙げて森の見回りを強化しているそうだ。

ソフィーもその見回りに参加して、樹に遭遇したのだ。

魔物の駆逐《くちく》が終わらない限りは、迷いの森の魔法を解くことはできない。

そう告げられた樹は、顔色を変えずに頷いた。

「分かりました。魔物の群れが片付けばいいんですね」

「ん？」

「僕も魔物の掃討《そうとう》に協力させてください。そうすれば後で友人の救出も手伝ってくれますよね」

眼鏡を押し上げて「交換条件だ」と言う樹に、銀髪のエルフは一瞬目を見張った後、楽しそうに微笑んだ。

「坊やは本当に面白いね。いいだろう、取引成立だ」


赤魔大熊《イビルベアー》との戦いに参加することになった樹。

セリエラは必要なら防具類を貸し出すと言ったが樹は断った。

胸当てや鎧など、ＲＰＧの戦士の格好をした自分を思い浮かべただけで、恥ずかしくて死にそうだ。さすがに異世界で学生服を着続けられないので、今の樹はこの世界の標準的なデザインのシャツとズボンに旅用の上着を羽織った服装に着替えていた。勇者である結菜や智輝も同様だ。

ちなみに精霊演武《スピリットダンス》を使う場合は身軽な格好が推奨されるので、この世界の精霊魔法の使い手は、重い金属の防具を身に着けない。

「ええ⁉　イツキも熊狩りに参加するの⁉」

長に報告して帰ってきたソフィーは、驚いて声を上げた。

「ソフィー。僕を熊のいる場所まで案内してくれ」

「う、うん。私も後ろから弓で援護することになってるから、別にいいけど」

「あんなヘロヘロの矢で敵に当たるのか？」

「うるさいわね！　本気になれば百発百中なんだから！」

出会った時のことを思い出してからかうと、ソフィーは真っ赤になって反論した。

どうやらいじられやすい性格のようだ。

樹の眼鏡の端がキラーンと光った。

道中いじめて遊ぼうかな。

「……ほどほどにな」

見透かしたように、セリエラが二人に言う。

準備を整えた樹とソフィーは、エルフの里を出た。

歩き出すとバサバサと羽音がして、フクロウが樹の肩に舞い降りた。

フクロウを見たソフィーは触りたそうな視線を送ってきたが、樹は無視した。アウルを撫でるのは樹の特権なのである。

「これからどうするんだ？」

「皆が熊と戦っている異空間に入ります。迷いやすいから気を付けて」

「エルフでも迷うのか」

「一旦、異空間に入ってしまうと、私たちでも慣れていないと出るのが難しいの」

迷いの森の魔法によって、森には閉じた部屋のような異空間が無数に存在する。異空間は人間や魔物を積極的に取り込もうと動いているが、普通の動物や精霊、エルフは取り込もうとしない仕組みだ。

異空間の出入り口はエルフ族なら目視できるらしい。

ソフィーは木々の前で足を止めた。

樹には何も見えないのだが、そこに異空間への出入り口があるようだ。

「人間は入れないよね……ということはやっぱり」

「?」

「手、手を繋いで……ええっ」

ソフィーはそこまで言いかけると、いきなり顔を赤くしてしゃがみこんだ。

「私、男の子と手を繋いだことないのに……に、妊娠しちゃう」

「はあ?」

「やっぱり駄目、無理よっ」

彼女は頭を抱えて「私の唇は格好良い勇者様のためにとってあるのにー!」と悩んでいる。樹は眉間《みけん》の皺《しわ》を深くした。

手を繋いだくらいで妊娠する訳がない。何を言ってるんだこのエルフは。

「さっさと行くぞ」

樹が手を伸ばすと、ソフィーはその手を避けるように後ずさった。

「心の準備が……」

おい、それ以上下がると異空間の入り口があるんじゃないか。

そう指摘しようとしたが時既に遅し。

数歩下がったエルフの少女の姿は、唐突に消え失せた。

「……」

少し待ったが、ソフィーが戻って来る気配は無い。

「確か異空間に入ってしまうと、エルフでも慣れていないと抜け出すのは難しいんだっけか」

『そうじゃのう』

「あのエルフ、阿呆じゃないか」

『……』

呆れた顔で言った樹に、さすがのアウルもフォローできず、黙って首をクルクル回した。

さて、どうしたものか。

『エルフの里に戻って助けを呼ぶのがよかろう』

「でも、異空間には魔物がいる可能性があるんだよな。あの阿呆エルフ、戦えるのか？」

助けを連れて戻るまで無事でいるだろうか。

『……どうしても今すぐ後を追いたいのなら、方法が無いこともない』

「どんな方法だ」

『霊視じゃや、イツキ。霊視で空間の繋ぎ目が見えるか試すのじゃ。普通の精霊の力による霊視では無理じゃろうが、世界樹の精霊であるお前にならら見えるかもしれん』

フクロウはそう言って茶色い羽を膨らませる。

樹はふっと息を吐くと、「仕方ないか」と呟いて、眼鏡を外してポケットにしまった。

「まだ満足いくまで、おちょくれてないんだ。せめて僕の気が済むまでは無事でいろよ」

素直じゃないのう、とフクロウが肩の上で鳴いた。

眼鏡を外した樹の両眼の色が変わる。

日本人に一般的な焦げ茶色から、木の芽を思わせる鮮やかな碧へと。

04　仲直り

間違って自分だけ異空間に入ってしまったソフィーは、途方に暮れていた。

異空間と言っても、景色は今までいた森の中と変わらない。

ただ同じ形の木々が延々続いていて、空間がループしているだけだ。

「どうしよう……」

不安定な異空間では出入り口の場所が定まらない。

ソフィーが入ってきた通り道は既に移動してしまったようで、見回してみても異空間の出口は見当たらなかった。仕方なく彼女は出口を探して歩き始める。

歩き出してから、この異空間には魔物がいることを思い出す。

身を守るために彼女は精霊を喚び出すことにした。

「来て、ココン」

契約精霊を召喚する。

腰くらいの高さの空中に炎の玉が現れ、そこから金色の毛並みを持つ三尾の狐が飛び出した。

「ココン、狐火を……」

『……』

ツーンとそっぽを向いて、後ろ足で耳の後ろを掻く狐。

相変わらずの態度にソフィーは泣きそうになったが、樹の言葉を思い出す。

「ココン、私に悪いところがあったら、教えて。今度はちゃんとあなたの言うこと、聞くようにするから」

『……』

「勝手に召喚して、勝手なことを言ってて、今更だよね……」

涙目のソフィーは狐の目線までしゃがみこむ。

そっぽを向いたままの狐の耳がピクピク動いた。

「ゴメンね、ココン。もう今日は送還するよ。自分で何とかする」

『！』

ソフィーは「帰っていいよ」と続けようとしたが、その前に狐がばっと振り向いたので口をつぐんだ。狐はソフィーを見つめて怒ったように言った。

『あなたは本当に勝手ですね』

「ココン」

『こんな魔物がいる空間で、一人でどうするつもりです？　その細い腕で魔物と戦えるのですか。まったく、考えなしにもほどがあります』

「遠くから弓で攻撃すれば……」

『そんな攻撃力の低い弓矢じゃ、魔物にダメージを与えることはできません』

狐は三本の尾をゆらゆら揺らす。

すると、金色の炎が狐の身体から立ち上り、ソフィーが手にする弓矢に絡みついた。

「あ、ありがとう！」

『礼を言うのはまだ早い。あなたは無事にここから脱出しなければなりません』

ソフィーは立ち上がり、いつでも矢を放てるように準備して、狐と一緒に再び歩き出した。狐はゆるゆると尾を振りながら彼女の斜め後ろを歩く。

木立《こだち》を歩くソフィー。

彼女の前に黒い影が立ち塞がる。

幼いエルフの少女は、魔物には絶好の餌に見えたようだ。

姿を隠そうともせず、赤黒い毛皮の巨大な熊がソフィーに向かって襲いかかってきた。二本足で立った熊は、鋭い爪の付いた腕を豪快に振るう。

「きゃっ!」

悲鳴を上げたソフィーだが、身軽にステップを踏んで熊の腕を避ける。

彼女は回避の直後に弓を構え、狐火を灯す矢を放った。

それは上出来なタイミングだった。

攻撃を避けられて空振りし、隙が生まれていた熊の脇腹に矢が突き刺さる。


ウオオオオゥゥ!


狐火が燃え上がり、熊は苦痛の声を上げて倒れる。

「やった!」

『ソフィー、油断せずに!』

狐は警告したが、戦い慣れていない彼女は咄嗟《とっさ》の反応が遅れた。

横合いから木々ごとなぎ倒されて、身体が宙に浮く。

数メートル吹っ飛ばされて、ソフィーは地面に叩きつけられた。

体重が軽いので軽傷で済んだが、吹き飛ばされる途中で弓矢を取り落とした。ソフィーは呻《うめ》いて身体を起こしたが、手元に武器が無いことに気付き愕然《がくぜん》とする。

「うう……」

先ほど倒した熊を踏み越えて、倒した熊の二倍の体長がある巨大な熊が現れた。凶悪な人相の熊の額《ひたい》には角が数本生えている。

「もしかして、赤魔大熊《イビルベアー》の群れのボスなの⁉」

最悪の事態にソフィーは顔を青くした。

群れのボスは中位以上の魔物で、複数人で囲んで倒すのが普通だ。

地面に尻餅をついたソフィーは、そのままの体勢でじりじり後ずさった。

ボス熊は巨体に見合わぬ俊敏さで距離を詰める。

頭上から黒い影が迫った。

もう駄目かもしれない。

ソフィーは思わず目をつむった。


ヒュンッ……！

鋭い風切り音と、熊の吠える声。

ついで、聞き覚えのある、低くて冷静な青年の声が聞こえた。

「……良かった。無事だな」

覚悟した苦痛は訪れなかった。

目を開けると、長剣を持った青年の後ろ姿と、ボス熊がのけぞっている姿が目に入った。彼女とボス熊の間に青年が割り込んだらしい。

一瞬振り向いて、青年はソフィーの無事を確認する。いつもの眼鏡を掛けておらず、端整な顔立ちが露わになっていた。瞳は鮮やかで澄んだ碧に染まっている。

ソフィーは唖然として彼を見つめた。

「イツキ⁉」

精霊武器《スピリットアーム》らしい優美な長剣を持った樹は、跳躍の技を使ってボス熊を追撃すると剣を振るう。

その身のこなしは気負いがなく自然だった。

樹を強敵だと見なしたボス熊は下がって剣を避けると、距離を置いて樹を睨む。

ソフィーの前に立った樹とボス熊は、互いの動向を観察しながら臨戦態勢に入った。

『怪我はないかの、お嬢ちゃん』

「アウルさん！」

バサッと羽音がして、フクロウが近くの枝に舞い降りる。

ソフィーはフクロウを見上げた。

「私は大丈夫だけど、イッキは……あの熊、群れのボスなの！　逃げた方が」

『イッキなら大丈夫じゃよ』

複数人で倒す魔物に一人で挑むのは無謀だとソフィーは声を上げたが、フクロウは『フォッフォ』と羽を膨らませて笑った。

『見ておれ。すぐに決着はつく』

フクロウがそう言ったので、不安を抱えながらもソフィーは動かずに戦いを見守ることにした。


ソフィーと赤魔大熊《イビルベアー》の間に飛び込んだ樹は、手にした精霊武器《スピリットアーム》の剣を一閃させる。

一撃目は熊の不意を突いた。

腕を切られた熊は後退し、樹の二撃目を回避する。

「熊の癖に生意気な」

予想外に素早いその動きに、樹は舌を巻く。

精霊演武《スピリットダンス》の霊視を使っているが、熊の弱点のようなものは見つけられなかった。

相手の動きを止められたら……。

そう思っていると、背後の枝にとまったフクロウが鳴いた。

『イツキよ。わしらも、この森の精霊たちも皆、お前の味方じゃ』

皆、お前の助けになりたいと思っている。

命じよ。さすれば彼等は応えるだろう、と。

「……森の木々よ、あいつの動きを止めてくれ」

樹は低い声で願う。

その途端、ざわっと森がざわめき、草や木の枝が伸びて熊の魔物に絡みついていく。熊は爪を振り回して絡みつく枝を切るが、後から後から緑が生じて次第に追いつかなくなる。

立ち往生《おうじょう》する熊へ、樹は剣をさげて近付いた。

澄んだ碧眼に射竦《いすく》められて熊は束《つか》の間《ま》、動きを止める。


フウウゥゥウーー……。


喉から漏れる低い唸り声。

しかしそれは、圧倒的強者を前に怯えているようでもあった。

「お前が食った命をお前自身で贖《あがな》うんだ」

樹は宣言して剣を掲げる。

青年の背中に一瞬、八枚の光の翅が浮かぶ。

軽く跳躍して、樹は熊の前に舞い降りる。

最高位の精霊の証である翅はすぐに消え、代わりに空間に虹色の唐草模様《からくさもよう》が現れ、剣を中心に収束した。光の唐草模様は剣に絡みつき、銀色の刃は虹色の光を帯びた。

緑に拘束されて動けない熊に、樹は剣先を刺し込む。

光が染み込むように熊の身体に広がる。

熊の巨体がどうっと仰向けに倒れた。同時に緑の拘束が解かれて、千切れた草が飛び散る。目を見開いて四肢《しし》を弛緩《しかん》させ、熊は動きを止めた。

ピクリとも動かない熊の巨体を前に、樹は剣を送還する。

虹色の光の粒になって、手元の剣は空中に消え失せた。

「……し、死んだの?」

ソフィーは立ち上がると、樹の隣まで進んで倒れた熊の様子を窺《うかが》う。

アクアブルーの目を見開いて熊を凝視する彼女に、樹は首を横に振って答えた。

「いや」

「え?」

どういう意味だと首を傾げるソフィーの前で変化が起きる。

倒れた熊の巨体が、地面から急速に生えた草木に呑み込まれて溶け消える。まるで熊の巨体を栄養分にしたように、草が勢いよく伸びた。

完全に熊が見えなくなったところで、草木の成長が止まる。

ピタリと静止した植物だが、少し待つとガサゴソと中心部が揺れ、中から小さな動物が這《は》い出してきた。

くーん。

それは子供の頭くらいの大きさの小熊だった。

不思議そうに辺りを見回して鳴く小熊には、凶悪な赤魔大熊《イビルベアー》の面影《おもかげ》はない。

「嘘っ、これってさっきのボス熊？」

「ああ」

樹はくすりと笑うと、小熊の首根っこを摘《つま》んで持ち上げ、そのままソフィーに押し付けた。

「ほら」

「うわわわ」

「今度は食べ過ぎて太らないように、気を付けて育ててくれ」

「わ、私が育てるの⁉」

ソフィーは困ったが、つぶらな瞳の小熊を放り出すことができず、抱えて悩み始めた。

戦いが終わって和《なご》んでいた二人の耳に足音が聞こえる。

振り返ると、銀髪のエルフが草木を踏みわけてやって来た。

「おばあ様！」

「ソフィー、無事だったか。お前が行き先を間違って、一番危険な魔物のいる異空間に向かったと聞いて、心配になって追いかけてきたんだよ」

セリエラは樹とソフィーの姿を確認すると、安心したように口元を緩める。

樹はセリエラの言葉を聞いて顔をしかめた。

「行き先を間違って……?」

「ま、間違えちゃった。てへっ」

ソフィーは可愛く舌を出してごまかそうとする。

樹はちょっとした苛立ちを覚えた。

「……セリエラさん。彼女は男と手を繋いだら妊娠するとか、馬鹿なことを言ってたんですが、あなたが教えたんですか?」

「私は教えてないぞ。この子の母親が世間知らずだったんだ」

「えっ！　妊娠しないの?」

「ソフィー。手を握ったくらいで子供は作れない。男性の前でそんなことを言うと、頭がおかしいと思われるぞ」

セリエラが呆れ顔で嘆息する。

常識にうといエルフの少女は「恥ずかしいぃぃぃっ！」と顔を赤くして悶《もだ》えている。その姿を眺めて樹は密かに溜飲《りゅういん》を下げた。

「ところでその小熊は？」

会話が一段落して、セリエラの視線がソフィーの腕の中の小熊に向く。

ソフィーは慌てて「これは、ええと」と説明しようとしたが、どう説明していいか分からず口ごもる。

ソフィーの代わりに、足元の狐が『セリエラ様』と声を上げた。

『その小熊は、赤魔大熊《イビルベアー》の群れのボスだったものです。イツキ様が世界樹の精霊としての力で、生まれ変わらせたのです』

「世界樹の精霊⁉」

セリエラはまじまじと樹を見た。

樹は「口止めするのが遅かった」とぼやいて狐を見下ろす。狐は今更のように、話してはまずかったのかと気付いて『失礼しました！』と慌てた。

「坊やは精霊の魂を持つ人間なのか。道理で……」

納得して銀髪のエルフはうんうんと頷く。

一方、ソフィーは話についていけずに「精霊？　人間？」と疑問符を浮かべてきょとんとしている。

「ひとまずエルフの里に戻ろう。その小熊を連れてね」

セリエラは笑って「帰ろう」と樹たちに促した。

05　私と契約して

樹たちはエルフの里に戻った。

出てきた時は静かだった里が、何故か騒々しい。エルフたちは家の外に出て、輪になって何か話をしている。

「いったいどうした？」

「セリエラ様」

樹たちを代表して、セリエラが道行くエルフに尋ねた。

振り返ったエルフが答える。

「赤魔大熊《イビルベアー》と異空間で戦っていたところ、突然ロステン王国の勇者様が現れ、熊を退治してくださったのです！」

勇者だと。

樹は無言で眼鏡を掛け直した。

エルフの人垣の間から、見知った友人の姿が見える。

友人は樹を見ると、嬉しそうに笑って手を振った。

「おーい、樹！　先に着いてたのか！」

智輝だった。

「……ああ」

エルフたちの視線が樹にも集中する。

肩の上にとまっていたフクロウは注目されるのが嫌だったのか『ではまた後でな』と言って、どこかに飛んで行ってしまった。

呼ばれたので仕方なく、樹は智輝に近寄った。

「いやー、色々試してジャンプしてたら、エルフさんたちが熊と戦ってるところに出くわしてさ。熊を倒すの手伝って里まで連れて来てもらったんだよ！」

「なるほど」

「いやあ、エルフさんたちは美人が多いな〜ぐふふ」

美女エルフにくっつかれた智輝は鼻の下を伸ばしている。

それにしても、樹の心配は無用だったのだろうか。異空間に迷い込んだ友人を助けるために、エルフの里でした、あれやこれやは無駄になってしまった。

まあ無事だったからいいか——と思った直後、ふと引っかかりを覚える。

誰か忘れているような気がするのだが。

「だーれーかー助けに来てー！」

……結菜を忘れていた。

樹は、結菜を迎えに行って欲しいとエルフに頼んだ。

智輝が異空間を探索しながら赤魔大熊《イビルベアー》を狩り尽くしていたので、危険が去ったと判断したエルフは喜んで樹の頼みに応じた。

こうしてエルフの里で樹たちは合流した。

結菜と智輝は「勇者様」と歓待を受け、専用の部屋を用意してもらったようだ。一緒に泊まろうと誘われたが、樹は別行動を取ることにした。

「僕はセリエラさんの家に泊まるよ」

そう告げると、結菜は不満そうな声を漏らした。

「ガサツな智輝より私は樹君がいいのに～」

「悪いな結菜。智輝が暴走しないように、しっかり手綱《たづな》を握っていてくれ」

「げへへ、エルフのお姉さんがサービスしてくれるって……」

「もう智輝！」

一番身近なハーレム要員を大事にできない智輝の未来は明るくない。その内に女性の嫉妬《しっと》の恐ろしさを思い知るであろう。樹は密かに友人に合掌《がっしょう》した。

二人と別れて、樹はセリエラの家へ向かう。

夕食は、素朴《そぼく》だが味わい深い家庭料理をご馳走になった。夕食後、くつろいでいると、ソフィーがもじもじしながら話しかけてくる。

「ねえ、イツキって精霊なの？」

「んー、まあね……」

自分が人間なのか精霊なのか、考えるのも面倒な樹は適当な返事をした。

ソフィーが水色の瞳を輝かせる。

「じゃ、じゃあ……私と契約して！」

「………はあ⁉」

樹は思わず飲んでいたお茶を噴き出しそうになった。

後ろの台所から「くっ」と笑う声が聞こえる。姿は見えないが、後片付けをしているセリエラが孫娘の台詞にウケて笑っているらしい。

「あれ？　私、変なこと言った？」

きょとんとするソフィー。その無邪気な表情に樹は苦笑した。

樹には彼女の無意識の好意が伝わっている。契約すれば、これから先もずっと一緒にいられる、そうソフィーは考えている。

寄せられる純粋な好意を、樹は気持ち悪いとは思わなかった。

だから、腕を伸ばして彼女の額を軽く指でこづく。

「痛っ」

「バーカ。僕と契約しようなんて、百年早いんだよ」

そう言うと、彼女は不思議そうな顔をして「どういう意味？」と問う。

樹は含み笑いをした。ソフィーは自分の願いの正体を分かっていないが、それでもいい。今は樹自身もはっきりとした答えを返せなかった。

「お子ちゃまはもう寝ろよ」

「ええ、イツキだって子供じゃない！」

「僕は精霊だからいいんだよ」

「えー!?」

不満そうに唇を尖らせるソフィーだが、眠そうだった。

結局、先に寝ると言って自室へ去っていく。

ソフィーが去った後、セリエラがやってきた。

銀髪のエルフは何がそんなに楽しいのか、にこにこ笑顔だ。

「イツキ。うちの阿呆な孫娘で良かったら是非もらってやってくれ」

「冗談ですよ」

樹は言ってしまってから口元を押さえる。先ほどのソフィーとのやり取りが結婚を思わせることに、指摘されてやっと気付いたのだ。しかも、これでは肯定しているようなものじゃないか。樹の葛藤を見通したように、セリエラは笑みを深めた。

「気が向いたらいつでも言って欲しい。歓迎するよ」

樹はむっつりと眉間の皺を深めた。

だがセリエラは樹の様子に構わず言葉を続ける。

「精霊の魂を持つのなら、坊やは我々エルフに近い存在だ。精霊は永久の時を生きるもの。精霊の血を引く私たちエルフ族も、長い時を生きる」

「……」

「坊やは人間として生きるのか、精霊として生きるのか。精霊に近い生き方をするつもりなら、うちにおいで。ソフィーは抜けてるからねえ、しっかりした婿《むこ》さんが来れば万々歳さ」

「勝手に婿さんにしないでください」

人間として生きるのか。

精霊として生きるのか。

その疑問の前に、樹はそもそも地球人だ。地球に精霊が存在しないため、あの世界の樹は普通の人間となる。この世界の世界樹と繋がって初めて、精霊として力を振るえるのだ。

自分はいずれ、智輝たちと共に地球へ帰るだろう。

だがその前に一目、世界樹を見たい。

幼い頃、夢の中で遊んだあの梢や木々。

今はもうぼやけてしまった幼い頃の記憶の中で、ひと際鮮やかで懐かしい不思議な異世界。アウルや動物や精霊と戯れた、あの場所を。

樹のもうひとつの故郷であり、己の分身とも言える世界樹に、会いたい。

第三章　勇気ある者

01　世界樹へ行く方法

エルフの里での一夜が明けた。

翌朝、結菜と智輝は、樹が泊まっているセリエラの家に訪ねてきた。

「おはよう、樹君！」

「おはよう……わざわざどうしたんだ？」

「長から、世界樹へ行く方法を知ってるのは、長老のセリエラさんだって聞いて」

結菜の言葉に、樹は家主の銀髪のエルフを振り返った。

「長老……」

「このエルフの里で一番長く生きてる方だって」

日光を浴びて輝く銀髪をかきあげて、セリエラが笑う。

その髪の色以外に、老化によるシミやシワは見当たらない。二十代後半の年齢に見える。

「敬《うやま》ってくれていいぞ、イツキ」

「……若作り？」

「ん？　何か言ったかな」

「いえ」

こっそり「僕が世界樹の精霊だということは秘密にしていただけますか」と頼んでいた樹は強気に出られない。セリエラに弱みを握られているようなものだ。

それ以上失礼なことを言ったら秘密を話すからね、と視線で脅されて口をつぐんだ。

ところで、先ほどから智輝は青白い顔でぐったりしている。

いったいどうしたのだろうか。

「智輝。さっきから何もしゃべらないけど、調子が悪いのか？」

「んー……」

「お酒弱いのに、調子に乗って飲んじゃって二日酔いみたいよ」

具合が悪そうな様子で唸るばかりの智輝の代わりに、結菜が答えた。

地球では未成年だからおおっぴらに飲めないが、異世界なら許されるだろうと羽目を外したらしい。自業自得とは言え、樹は少し同情する。

セリエラは結菜と智輝を家に迎え入れた。

三人がテーブルについて席に座ると、ソフィーがお茶の入ったカップを配る。

「こぼすなよ」

「こぼさないよ！　わっ」

手つきが危なっかしいので、樹は思わず忠告した。

ソフィーはムッとして言い返したが、言った側からカップを落としそうだ。

樹とソフィーの気安いやり取りに、見ていた結菜は眉をひそめる。聡《さと》い彼女は二人の間に流れる、昨日会ったばかりにしては親密な空気に気付いた。

「何だか怪しい……」

「どうしたんだ結菜」

「何でもなーい」

ティーカップを配り終えたソフィーは小さな椅子を引っ張り出してきて、居間の隅に座る。樹たちの話に興味があるらしい。

勇者二人と樹の顔を見回して、セリエラは中央の席でふんぞり返る。

「さて。世界樹に行く方法を知りたいんだって？」

「教えてください、セリエラさん」

結菜に頼まれたセリエラはすっと樹に視線を滑らせる。ここに世界樹の精霊がいるのに、何故自分に聞くのだと言いたいのだろう。樹は当然ながら視線を無視した。

セリエラは樹の様子を確認した後、机の上に茶色の大きな紙を広げた。

世界地図のようだ。

「世界樹はどこにあるか……君たちはこの森オレイリアで異空間に迷い込んで苦労したそうだが、世界樹は異空間に存在する」

「！」

智輝が驚いて地図から顔を上げる。

「世界樹が存在する異空間は、この世界に重なるように広がっている。そしてこの世界のあちこちに、世界樹のある異空間に繋がる出入り口が存在する。このオレイリアにも、実はある」

「本当ですか⁉」

「ただし、ここ数年オレイリアのゲートは使えなくなっている。原因は分からない。世界樹のある異空間に何らかの問題が生じている可能性が高い。この地図を見なさい」

期待に声を弾ませる結菜を制して、セリエラは地図を示す。

地図上には赤いマーカーのような印がいくつか付けられている。

「この赤い点は、世界樹に繋がるゲートのある場所だ。オレイリア以外で一番近いのは、セイファート帝国の南東にあるコスモ遺跡だ。このゲートが使えるか、確認しに行ってみるといい」

「ありがとうございます。この地図をお借りしても？」

「駄目だ。これはエルフの里の宝。悪用されては困るからな。気になる場所を自分の地図にメモするくらいは構わないが」

すげなく断られて結菜は残念そうにする。

隣で茶を飲んだ智輝が、ようやく息を吹き返したように顔を上げた。

「セイファートっていや、エイジの奴は今こっちの世界にいるのかな」

「そうだね。来ていたら会いたいね」

知らない名前が出てきて、樹は疑問に思う。

「エイジ？」

「セイファート帝国の勇者だよ。私たちと同じ日本人」

智輝が頬を緩ませて答える。

勇者は智輝たちだけではないのか。勇者のバーゲンセールに樹は顔をしかめた。

そもそも、智輝は勇者というイメージにもっともそぐわない少年だと樹は思う。

童顔で背が低く、勇者というよりは小猿という感じの容姿だ。基本的に考えなしに突撃するが、時々自分の行為を反省していたりもする。

結菜にしても勇者というよりお嬢様という言葉の方が似合う少女だ。

彼女は夏空の下で運動しているよりも、屋内の図書室で読書していそうな雰囲気がある。口元のほくろが色っぽい空気を出していて、肩より下まで伸びている黒髪は綺麗に整えられていた。

セイファート帝国の勇者だという少年は、いったいどんな奴なのだろうか。

「ちょっと樹君に似てるよ」

「僕に？」

「あー、言われてみれば。眼鏡かけてないけどな」

結菜に賛同して、智輝がうんうんと頷いた。

彼等によると、エイジという少年は知的な雰囲気で腕も立つ、樹の持っている勇者のイメージに近い人物らしい。

「勇者は、結菜たち以外にもいるんだな」

「うん。国ごとに召喚してるんだよ」

各国で、自分の国を救ってくれる勇者をそれぞれ召喚するらしい。

セリエラが補足する。

「勇者は神の力を借りて、上位の神官が召喚する。イツキ、神とは何か知っているか？」

「神……って、神様じゃないんですか」

「その顔では分かってないな。神は精霊とは別種の霊的な存在だ。精霊はもとからこの世界にいたが、神は世界の外からやってきた。精霊は人間と契約して世界に影響を及ぼすが、神は勇者を遣わして世界を変革する」

「へえ」

「精霊にとって、世界の外からやってきて我が物顔でのさばる神は、目の上のたんこぶさ。別に敵対している訳じゃないが、一部の精霊は神のことを快《こころよ》く思っていない。けど、神の方が力が強い。世界渡航の法則に従って、世界の外から中に入ったものは強い力を持つからだ。だから、世界樹は異世界から自身の分身となる魂を精霊として召喚する。神と対抗して、精霊の力を維持するために」

セリエラは意味深に樹を見た。

ポーカーフェイスを保ちつつも、樹は興味深く話を聞く。

これは樹自身に関する話だ。

「とは言っても世界樹は神と違って、そんなに強い召喚の力を持っていないんだ。世界樹が自分の精霊を召喚できるのは、条件が揃った一時期だけ。一定期間ごとに世界樹は自分の精霊を召喚して力を維持する。世界樹に異変が起きているとしたら、今は世界樹の精霊が不在の期間だからかもしれないな」

急に難しくなった話に智輝は目を白黒させる。

「えーと、結局どういうことなんだ」

「世界樹に行ってみないと分からないということさ」

「何だ。それなら最初からそう言ってくれよ」

セリエラは本題から逸れた話を強引にまとめた。

樹はもっと話を聞いてみたい気持ちになったが、今ここには智輝や結菜がいる。

また機会があればこっそり聞いてみよう。

「よし！　じゃあ次の目的地はセイファート帝国だな」

「この森を抜ければすぐね」

エルフの住む森はロステン王国とセイファート帝国の国境にあるため、森を抜ければセイファート帝国の南に出る。そこから東に歩けば目的地のコスモ遺跡はすぐそこだ。

「……私も一緒に行っていいですか？」

隅っこで黙って話を聞いていたソフィーが手を挙げる。

樹は「駄目だ」と即座に却下した。

「足手まといになるだろう」

「って言ったら、勇者じゃない樹だって同じだろ」

「智輝？」

「いいじゃん、エルフの女の子！　パーティに一人欲しいと思ってたんだよ！」

いつ僕は智輝のパーティになったんだ。

樹は心の中だけで突っ込みを入れた。しかし現実問題、このパーティのリーダーは智輝だ。

樹は世界樹の精霊だということを隠していて、一般人だと思われているので反論しにくい。しかも、この世界の地理や歴史や風習はまるで知らないし、精霊の力を使いこなせている訳ではなかった。

智輝がその気なら止めることは不可能だ。

「よろしくお願いします！」

「おうよ！」

ソフィーはちゃっかり空気を読んで頭を下げる。

もはや樹の意見ではどうしようもない。

箱入り娘でおっちょこちょいなエルフのソフィーが戦力になるはずがないというのに。

仕方ない。こっそりフォローするしかないか……。

「おばあ様！　私、旅に出ます」

「仕方ないねえ。子熊は私が世話をするか」

「ごめんね、クーちゃん」

もともと赤魔大熊《イビルベアー》のボスだった子熊は不思議そうに小首を傾げる。あどけない仕草が大変可愛い。

ソフィーは「本当は連れていきたいのー！」と子熊に頬ずりした。

子熊はセリエラに預け、ソフィーも旅の仲間に加わることとなった。

02　正体は秘密にします

勇者二名と一般人一名、途中でエルフ一名を加えて旅が始まった。

樹は不器用なエルフの少女が加わってから、ハラハラし通しである。

「爽やかな朝ですね！　特製のベリージュースをどうぞ！」

「おっ、気がきくな」

旅が始まった日の朝、ソフィーは張り切って皆の朝ご飯を用意しようとした。自主的な行動に結菜と智輝は感心する。

樹はソフィーが持ってきた血のように赤い飲み物を見ると、口を付けずに黙ってそれを脇に置いた。

様子見をする樹の前で、案《あん》の定《じょう》、単純な智輝は何も疑わず「サンキュ！」と言って赤いベリージュースを口にする。

「うっ。何だこの味！　超酸っぱい！」

智輝は噴き出しそうになって咳《せ》き込んでいる。

一口飲んだ結菜も口元を手で覆って絶句していた。

「だ、駄目ですか⁉　マズかったですか⁉」

ソフィーは慌ててオロオロする。

無言で立ち上がった樹は、荷物から牛乳の入った瓶を取り出した。

旅の荷物は、空間魔法が掛けられた見た目より大量に物が入るバッグに入れている。腐りやすい牛乳も魔法のバッグの中では長期間保存が可能だ。こうした魔法のバッグはこの世界でも一般的に売っているものではないが、勇者には特別に神殿から支給されている。

調味料の袋から砂糖も取り出した樹は、カップに牛乳と砂糖と、ソフィーがくれたベリージュースを入れて手早く混ぜた。人数分それを繰り返す。

むせている智輝と結菜、突っ立ってあたふたしているソフィーに作った飲み物を配る。

樹に渡された飲み物を飲んだ智輝は驚いた。

「こっ、これは……ほどよい酸味と砂糖の甘さの絶妙なハーモニー！　ミルクのまろやかさと苺の酸っぱさがミックスされて超旨《うま》い！」

智輝の絶賛を聞いて、結菜とソフィーも樹の作った飲み物を飲む。

そして顔を輝かせた。

「美味しい！」

「こんな飲み物初めてです！」

先ほどの酸っぱ過ぎるベリージュースをすっかり忘れて、樹の作ったイチゴミルクに舌鼓《したつづみ》を打つ智輝と結菜。

樹の目論見通り、ソフィーの失敗は有耶無耶《うやむや》になりそうだ。

しかし。

「樹、お前、良い主夫になれるんじゃないか」

「凄いね、女子力高いね！」

「……嬉しくない」

見当違いの方向で口々に褒められた樹は肩を落とした。

男子の僕が女子力を高めてどうするんだ……。全部あの阿呆エルフが悪い。どうしてくれようか。

樹が眼鏡の奥から睨むと、気配を察したソフィーはジュースを持って逃げ出すところだった。

「おい、ソフィー」

「うきゃあっ」

樹はソフィーの首根っこを掴んで身柄を確保する。

そのまま彼女を引きずって歩き出した。

「おい樹、どこに行くんだ？」

「川。顔洗って水汲んでくる」

智輝と結菜はきょとんとして、樹を見送った。

ソフィーと一緒に土手を下る樹。

川に沿ってずんずん歩く。

途中から自分の足で歩き出したソフィーは、疑問に思って聞く。

「イツキ、もう川だよ。どこまで行くの？」

「……」

樹は答えずに、歩きながら眼鏡を外す。

朝日の下で、黒い瞳が淡い碧の光を帯びて光った。

充分に智輝たちから離れたことを確認すると、樹は足を止める。

「この辺でいいか。……来い、白光流風霊《ブライトシルフィード》、リーガル。紅蓮戦乙女《スカーレットヴァルキュリア》、ルージュ」

樹の前に赤い炎と白い風が巻き起こり、赤髪の美少女の姿をした精霊ルージュと、白髪の少年の姿をした精霊リーガルが現れる。

『お喚びですか』

『何用でしょう』

ルージュは六枚の翅を持つ上位精霊、リーガルは四枚の翅を持つ中位精霊だ。

二体の精霊は軽く樹に向かって礼をする。位の上下はあるが精霊の世界はそこまで厳密な縦社会ではない。上位の存在に対する礼儀や敬意は持っているが、最高位の世界樹の精霊である樹が命令しても、必ずしも命令通りに動いてくれる訳ではない。

だから樹は二体の精霊に頼む。

「君たちは智輝と結菜の契約精霊だな？　僕が世界樹の精霊だということは、二人には黙っていてくれないか」

秘密にしてくれと言うと、二体の精霊はそれぞれ、不思議そうな顔をした。

『面白そうだから別に構わないけど。何で？』

悪戯っぽい笑顔でリーガルが聞く。

ルージュは真面目な性格のようだ。彼女は細い眉をひそめて言う。

『何か彼等に知られてはまずい理由があるのですか？』

「特に無い」

樹の即答に後ろでソフィーがぶっと噴き出した。

「イツキ、何言ってるの⁉」

「冗談だ」

笑うソフィーの頭を軽く叩いて黙らせると、樹は精霊たちに向き直って真面目な顔で言った。

「この世界に来るまで勇者だってことを隠されていたんだ。こっちも秘密でいいだろう」

『意趣《いしゅ》返しですか』

「あいつ等、まだ何か僕に黙っている気がするんだよな」

精霊演武《スピリットダンス》は教えてくれないし、と樹は不満気だ。

精霊二体は顔を見合わせた。

『我ら精霊にとって、世界樹の精霊である貴方《あなた》は特別です。イツキ、貴方が彼等の行動に引っかかりを感じているのであれば、貴方の正体については隠しておきましょう』

「ありがとう」

樹はホッと安心した。

この間、狐の精霊ココンに正体を明かされてから、気に掛かっていたのだ。

これで自分から話さなければ、勇者の友人たちには正体は分からないだろう。

03

暗雲《あんうん》に包まれた街

数日の旅を経て、樹たちはセイファート帝国内に入った。

と言っても、森から出た樹たちが目にしたのは帝国の街並みではなく、延々と続くのどかな田園風景だった。ぽかぽか暖かい陽射しを受けながら、勇者一行は散歩気分で農道を歩く。

「私たち、精霊魔法の使い手は精霊演武《スピリットダンス》と精霊の固有能力で戦うの。……教えて欲しいって言ったのは樹君でしょ。余所見《よそみ》しない！」

「すまない」

結菜は歩きながら、樹に精霊魔法についてレクチャーしていた。

眠たいなと思いつつも、教えてくれと頼んだのは自分なので、樹は大人しく謝って「先を続けてくれ」と頼む。

「私の契約精霊リーガルは風の精霊だから、固有能力として風を操る力を持ってるの。精霊演武に慣れたら、精霊演武を使いながら精霊固有の力を同時に乗せて戦うの」

説明を聞きながら樹は、そういえば自分の精霊としての固有能力って何だっけと思う。なにぶん、自分が世界樹の精霊だと思い出したのがつい最近で、知識が追いついていない。

「あれ？　何だ……」

前を歩く智輝が、手をかざして遠くを見ながら疑問の声を上げる。

樹たちはレクチャーを中断して、智輝の示す方向を見た。

「雨雲？」

これから向かう方面の空に黒雲が広がっていた。黒雲を見た樹は胸騒ぎを覚える。

進むにつれ空は陰り、ポツポツと雨が降り出した。

「やっべー、傘どこだっけ」

「そんなこと言ってる場合じゃなさそうよ」

傘を探す智輝を、結菜が止める。

その視線の先には、前方から走って来る農夫らしき男の姿があった。

「誰か助けてくれええっ！」

何が起きているのか、恐怖に顔を歪めた男は叫びながら走って来ると、樹たちの直前で勢いあまって転《こ》けた。

結菜が「大丈夫ですか？」と男の前に膝を折って尋ねる。

男は動転した様子で、息を弾ませながら言った。

「街が化け物に襲われてるんだ！　あの黒雲から化け物が出てきて……」

「何だって⁉」

樹たちは顔を見合わせる。

勇者二人はすぐに自分の契約精霊を召喚した。

「来い、紅蓮戦乙女《スカーレットヴァルキュリア》、ルージュ！」

「お願い、白光流風霊《ブライトシルフィード》、リーガル！」

赤い炎をまとった美少女の上位精霊ルージュと、白い髪の少年の姿をした中位精霊リーガルが現れる。

智輝と結菜は召喚した精霊と一緒に、前方の街に向かって走り出した。

勇者二人の行動に慌てたのはソフィーだ。

彼女はどうすればいいか分からず、ひとまず自分も精霊を召喚した。

「ええと、私も……金火狐《フォクシー》、ココン！」

召喚に応じて現れた金色の狐は、気のない様子でフンとそっぽを向いた。

「何で⁉」

『……こんな雨の中で、火の精霊である私の力が使える訳がありません』

狐は澄ましてそう言うと、ポンッと音を立てて消えた。

自分で精霊の世界に帰ったらしい。

「ルージュちゃんは大丈夫なのにぃ」

「あいつは上位精霊だからな……」

智輝の契約精霊ルージュは上位精霊なので、火の精霊だとしても多少の雨には左右されないのだ。

自分の精霊に見放されてしまったソフィーは肩を落とした。

樹は慌てず騒がず立ち止まって、勇者二人の背を見送っている。

「自分の勝手で都合よく喚び出して使おうとするからそうなる」

「イツキ、もっと優しくして」

「嫌だ。君こそココンにもっと優しくしたらどうだ」

落ち込むソフィーと言葉を交わしながら、樹は今までと同じ速度で歩き出した。

「走らないの？」

「あいつ等が敵を倒した後に到着するのがちょうどいい」

「……」

自分で戦う気は無いらしい。

飄々《ひょうひょう》と宣《のたま》う樹と歩調を揃え、ソフィーも歩き出す。どの道、精霊が手伝ってくれないのでは彼女も戦いようがないのだ。

二人は先に走って行った勇者二人から大分遅れて、黒雲の下にあるセイファート帝国の街、テスラに入っていった。


テスラの街の中に入ると、あちこちに人が倒れていた。

都会の街らしく立ち並ぶ建物は高く、道はしっかり舗装されている。

上空が黒雲で覆われた街は、昼間だというのに薄暗い。

道々に倒れ臥《ふ》した人には、魔物らしき六本脚の黒い羽虫がくっついていた。

樹たちに気付くと、羽虫の数匹が地面から飛び立って近付いてくる。

「あ、あっち行きなさいよ！」

ソフィーが腕を振り回して威嚇すると、羽虫は彼女の腕を避けて一時的に逃げて行った。羽虫は距離を置いて樹たちを取り囲む。どうやら強引に襲って来ている訳ではなさそうだ。しかし、それでは何故、街の人々は倒れているのだろう。

疑問に思う樹だが、前方で羽虫が群れ始めたのを見て、顔をしかめた。

「来い、クレパス！」

表向き契約精霊ということになっている、イタチの精霊クレパスを召喚する。

すぐに前方の空間に光が走り、二枚の翅を持つ白いイタチが姿を現した。

『お喚びですか、オヤビン！』

「ああ」

樹は頷くとイタチの首根っこをむんずと掴む。

そのまま腕を振って軽く回転させると、羽虫の群れに向かってイタチを投げた。

『ひょあああああああ⁉』

いい感じに回転が掛かって弾丸状態になったイタチは、びゅーんと羽虫の群れに突っ込む。黒い羽虫の群れはブワッとばらけて散り散りになった。

樹の思わぬ攻撃に恐れをなしたか、羽虫たちは樹たちから距離をとって飛んでいる。

攻撃に利用されたイタチは衝撃から立ち直ると、樹の前まで戻って来て抗議した。

『酷いですよ！　オヤビン！』

「そうだよイツキ！　さっき精霊に優しくしろって私に言ってたじゃない！」

ソフィーもイタチの精霊に賛同する。

両者に責められた樹は動じなかった。

「何を言う。ちゃんと優しくしてやってる」

『どこが⁉』

「存在することを許してやってる」

フンと鼻を鳴らして樹はふんぞり返った。

傍若無人《ぼうじゃくぶじん》な返事にイタチは頭を抱える。

『存在……そんな基本からっすかー⁉』

「そうだ。ありがたく思え」

『駄目だあー！　この人話にならねーっ』

ソフィーは唯我独尊《ゆいがどくそん》の樹に抗議することは諦め、周囲を見回す。

そして暗い街に灯る赤い炎に気付く。

「イツキ、あそこ！」

「！」

エルフの少女が示す先には、炎の槍で羽虫たちを豪快になぎはらう智輝の姿があった。赤い炎が触れた端から、黒い羽虫は燃えて消える。しかし、羽虫の数が多い。

智輝の隣には結菜がいて、白い杖で風を操って羽虫をまとめて吹き飛ばしている。

樹とソフィーは早足で彼等と合流する。

「樹、ソフィー、ヤバかったらその辺の建物に隠れてろ！」

「ああ、そうする」

追いついた樹を見て、智輝が精霊武器《スピリットアーム》を振り回しながら言う。戦う気皆無な樹は反論せずに、むしろ嬉々として頷いた。ソフィーと空中に浮くイタチの精霊は半眼になっている。

倒れ臥す人々と羽虫の群れ。

街の中で動けるのは樹たちだけに思えたのだが。

「……こんなところで会うなんて奇遇だね。智輝、結菜」

知らない青年の声が魔物に支配された街に響く。

声のした方向を見上げると、小さな教会の屋根の上に佇《たたず》む人影がある。

「エイジ⁉」

智輝が目を丸くして彼を見上げる。

どうやら彼が噂のセイファート帝国の勇者のようだ。

日本人らしい黒髪に黒い瞳、中肉中背の若者だ。顔立ちは中性的で整っている。女性が好みそうな甘いマスクに、彼は不敵な笑みを浮かべた。

彼の隣の空中には、長い黒髪を靡《なび》かせた女性の精霊が浮いている。冴えた美貌《びぼう》にはいかなる表情も浮かんでいない。氷のような視線を樹たちに投げている。

彼女の精霊の翅は六枚。上位精霊らしいが、通常は白い光を放つ翅が黒一色に染まっている。

「ちょうどいい、エイジ！　こいつ等を片付けるのを手伝ってくれ。お前もそのために来たんだろ」

「……」

エイジと呼ばれた青年は答えずに笑みを深め、片腕を大きく振る。

空中に鋭く尖った氷の破片《はへん》がいくつも浮かんだ。

氷の破片は下にいる智輝に降り注ぐ。

「智輝！」

「くっ」

仲間だと思っていたせいか、智輝は無防備に攻撃を受けた。

氷の破片を受けて身体のあちこちが切り裂かれ、血が流れる。

後ろの結菜は咄嗟に杖を振って風を起こし、氷の破片を散らしたので無事である。

「何でだ、エイジ⁉」

「いったいどうしちゃったの？」

智輝と結菜が動揺して叫ぶ。

その後ろで樹は密かに眼鏡を外して、精霊演武《スピリットダンス》の下級第一種、霊視を発動する。碧に染まった瞳は、肉眼では見えない霊的な事象を捉える。

霊視による視界に、まるで蜘蛛《くも》の巣のように黒い糸が張り巡らされた街の姿が映る。不気味な糸は、倒れた人々を絡め取っていた。

そしてその黒い糸が繋がっている先には……堕ちた勇者の隣に無表情で佇む、黒い翅を広げた精霊の姿があった。

おそらく、エイジの隣の精霊こそが街を襲う災いの源なのだ。

黒い糸が人々の生気を吸い上げ、黒い翅の精霊へ送っている。

「エイジ⁉」

「邪魔だよ、智輝」

教会の屋根から飛び降りるエイジ。その両手に、精霊武器《スピリットアーム》らしき細身の短剣が二本現れる。彼は無造作に剣を投擲《とうてき》する。

鋭く尖った剣先は、踏み出そうとした智輝の足を貫通した。

地面に縫い付けられた智輝を黒い糸が絡め取る。

「くっ、力が抜ける⁉」

智輝は足に刺さった剣を抜いたが崩れ落ち、地面に転がる。

意識を失った智輝の脇に、軽々とエイジが降り立つ。

その手には再び二本の剣が握られていた。どうやら彼の剣は次々再生して現れるものらしい。

「智輝！」

近寄ろうとした結菜だが、それは叶わなかった。

一瞬で距離を詰めたエイジが、彼女に剣を向けたからだ。

「！」

「俺は女性には優しくする主義だ」

エイジは剣の柄で軽くトンッと結菜の胸を突く。

それだけで結菜は気を失って崩れ落ちた。彼女が気絶した途端に、脇に転がった精霊武器《スピリットアーム》の白い杖は消え、精霊の気配も消えた。智輝と結菜、二人の勇者の契約精霊ルージュとリーガルは、契約者が意識を失った影響で強制送還されたのだ。

こうして、瞬く間に二人の勇者は戦闘不能となった。

「あれって、精霊演武《スピリットダンス》の中級第二種、縮地《しゅくち》じゃ……」

『その通りでやんす。結構な使い手みたいですぜ』

エイジの瞬間移動を見ていたソフィーが呟き、イタチの精霊が同意する。

樹は唇を噛み締める。

霊視はしていたが、動きは見えなかった。

先ほどのように一瞬で距離を詰めて攻撃された場合、樹には防ぎきれない。最高位の世界樹の精霊といえども、今の樹は人間の肉体を持つ身。様々な制約がある。

精霊と人間は別の存在で、その間に立つ樹はとても不安定だ。

世界樹の精霊としての、自分の能力については、ぼんやり感覚的にしか理解できていない。エイジの攻撃を防ぐ手段は知識にない。本能的にこれでは駄目だと悟る。

「クレパス、お前は戻れ」

『でも親分……』

「戻れ。命令だ」

元いた場所に戻れと言うが、イタチは困った様子で浮いている。

樹はソフィーを庇《かば》うように前に出る。

ちょうど倒れた結菜を踏み越えてエイジが近付いてくるところだった。

「さて……君はもしかして、日本人？　目の色が違うけど」

こちらを見たエイジが怪訝そうにする。

霊視を使っていると目の色が変わると、最近ソフィーに指摘されて知った樹は、碧眼でエイジを睨んだ。勿論、正直に自分の正体を明かす気はない。

「お前と同じ日本人だ。ちょっと先祖に外国人がいたらしい。名前は各務樹。お前は？」

「縹田英司《はなだえいじ》だ。君はどこの勇者なんだ？」

緩やかに歩みながら英司は問うてくる。

問答無用で攻撃してくるかと思ったが、案外冷静だ。

樹は油断なく身構えながら答えた。

「僕は勇者じゃない。召喚に巻き込まれた一般人だ」

「へえ」

親分白々しい……とイタチの精霊が小声で呟く。樹は早く帰れと睨み付けた。

英司はこちらのやり取りに気付いていない。

「一般人か。邪魔しないなら、どうでもいいよ。そこで見ていろ」

「……何をする気だ？」

「ちょっと命を集めてるんだ」

軽い口調で恐ろしいことを言う英司。自分が言っていることの意味を理解しているのだろうか。

樹は敵の気を逸らすために会話を続ける。

「お前は勇者じゃないのか」

「勇者……？　それはここの連中が呼んでるだけさ」

「命を集めてどうする」

「命が足りないところに持っていくんだよ。例えば、魔界とか砂漠とか」

平均的になってちょうどいいだろ、と彼は笑う。

「命を生み出すっていう世界樹の葉があればいいんだけど、今あそこには行けないからね」

世界樹……？

樹は眉をひそめた。

問題は世界樹にあるのか。今あの場所はどうなっているのだろう。

「勇者様！　目を覚まして！　あなたは操られて……もがっ」

「ソフィー黙って」

正義感からか英司に向かって声を上げるソフィー。

樹は余計な刺激をするなと彼女の口を塞いだが、遅かった。

「……やっぱり君たちは邪魔かもな」

英司は余裕の笑みを消すと、剣を持ち直す。止める間もなく、彼は樹たちに向かってそれを投げつけた。

鋭い剣先が空中に銀の軌跡を描く。

『大丈夫だよ親分』

「やめろクレパス！」

ふよふよ宙に浮いていたイタチの精霊が、樹の前に回り込む。

二枚の白い翅が散った。

剣先は弾かれて、英司の放った剣は地面に落ちる。

同時にイタチの精霊も落下する。

「クレパス！」

樹は急いで落下するイタチを受け止めた。

イタチは長い胴体をしんなりさせて、樹の手の中で動かない。

「契約精霊に庇われたか。それにしても、下位精霊だとそのくらいしかできないんだな。動物に翅が生えただけか」

英司は冷静に感想を呟くと、ゆったり歩を進めてくる。

まるで、樹たちなどいつだってどうにでもできると言いたげに。

実際その通りだ。

最高位の精霊に相応しい無敵の力があれば、イタチの精霊に庇われずに済んだのに。樹は唇を噛んでうつむいた。

「精霊をそんな風に言わないで！　精霊は道具じゃない！」

「そうだ」

「イツキ……？」

憤慨《ふんがい》して抗議の声を上げたソフィーは、樹の同意に驚いた。

樹は顔を上げて、その碧眼で英司を睨んだ。

「精霊は道具じゃない。こいつらは僕の大事な……」

友達だ。

音にならぬ言葉が大気を震わせる。

手元に横たわるイタチが僅かに身じろぎした。


空気に溶けてしまいそうな白い毛並みが、樹の手の中でさらさらと流れる。

この世界の生き物たちはとても純粋で、思いも寄らぬ行動で時々樹の胸を酷くかき乱す。庇ってくれなんて頼んでいないのに。いつも手荒に扱っていたのに。クレパスは自分を親分と呼び、歪みから救ってくれた恩人だと懐いてきた。

幼い頃、夢の世界で遊んでくれた不思議な姿の動物たち。あれはこの世界の精霊だったのだと今なら分かる。ただただ純粋で優しい彼等を、どうして見下したり嫌ったりできるだろうか。

「はっ、馬鹿が。異世界に来て頭の中がお花畑になったのか？　そいつらはただの動物だ。そういう生き物なんだよ」

樹の前に立った英司は鼻で笑う。

異世界に来て調子に乗っているのはお前の方だろうと、樹は声に出さずに反論した。地球と同じように、この世界の命も、そう簡単に扱えるような代物《しろもの》じゃない。そうだ、命……？

——命を生み出すっていう世界樹の葉があればいいんだけど。

英司が先ほどの会話で言った言葉を思い出す。

そうだ、僕は世界樹の精霊。

世界樹は命を生み出す。だから世界樹の精霊である僕は、命を司る精霊なのだ。

「……クレパス！　起きろ！　まだ眠っていいとは言ってない。世界樹《イグドラシル》の名のもとに、この僕が命じる。立つんだ！」

「ふん、そんなことを言って蘇《よみがえ》る訳が……何⁉」

光の円はイタチの精霊に向かって収束する。

一瞬、樹を中心に虹色の唐草模様で描かれた光の円が浮かぶ。

樹の手を離れて空中に浮かびあがったイタチの精霊は、眩しい光を放った。

光が炸裂し、英司は眩しそうに手をかざして動きを止める。

花火のように散った光の中から、巨大な生き物が現れる。

しなやかで長い胴体に、短い脚。滑らかに伸びる白い尾は胴体と同じほどの長さがある。その頭部には、枝分かれした細い角が生えていた。

空中で踊る優雅な肢体《したい》は伝説の竜を思わせる。もはやイタチとは別種の何かに進化した精霊の背中には、左右に三枚ずつ、合計六枚の光の翅が翻《ひるがえ》った。

深い森の色の瞳を細めると、クレパスは優美に長い肢体をくねらせて敵に向かって尾を振るう。

何が起こったか分からず呆然としていた英司は、尻尾の一撃をくらって後退する。

「ぐあっ」

近くの壁に激突して崩れ落ちる英司。

彼が脇に退《しりぞ》いたことで、彼の後ろの空中に佇む黒い翅の精霊の姿が目に入る。

六枚の黒い翅を持った、黒髪の女性の姿をした精霊。

それに対峙する、発光する翅を背負った、白い毛並みの獣の精霊。

対極の力を持つ二体の精霊は、数メートルの距離を保ったまま睨み合った。

「……クレパス、あの精霊の歪みを正したい。あいつの動きを止められるか？」

『やってみるよ親分』

今のクレパスは上位精霊。敵の精霊と互角である。

白い獣の精霊は空中を走って敵の精霊に躍りかかる。

空中で白い光と黒い闇がぶつかり合う。もつれ合うように、白と黒の螺旋《らせん》が街の上空を席巻《せっけん》した。

対極する力が拮抗《きっこう》していたのは少しの間だけだった。

力のせめぎ合いは白い獣の精霊に軍配《ぐんばい》が上がる。

なにせ、ここには白い獣の精霊が守るべきもの、獣の力の根源である世界樹の精霊が存在するのだ。

想いの強さが力の強さを決めるなら、この場で一番強いのは紛れもなく樹とイタチの互いを思い合う気持ちだった。

黒雲がちぎれて、光が射し込み始める。

真昼の光を見上げて英司は舌打ちした。

「くそっ、こんなはずじゃなかったのに！　仕方ない」

彼は舌打ちすると、地面を蹴って跳躍する。

二本の剣を白い獣に向かって投げると、精霊の戦いに割り込んだ。

「撤退するぞ、リリス！」

『でも……まだ力が足りない』

「別の、邪魔が入らない街で集めればいい！　今は退《ひ》くぞ！」

リリスというらしい黒髪の女性の精霊は悔しそうに頷く。英司はポケットから青い結晶を取り出して「転移」と叫んで握りつぶした。

青い光が黒い翅の精霊と英司を呑みこむ。

瞬きした後、そこにはもう彼等の姿は無かった。

04　光の雨

英司と黒い翅の精霊が去ると、不穏な黒雲は薄くなった。

禍々《まがまが》しい気配は消えたが、街の中を飛び回る黒い羽虫はそのままだ。

道々に倒れ臥す人々も、意識を失った智輝と結菜の顔も青白く、目覚める気配はない。

眠りについたような街の様子を観察して溜め息を漏らす樹の肩に、雲の切れ間からフクロウが舞い降りた。静寂が支配する街には静かな雨音と、羽虫の飛ぶ小さな音しかなく、フクロウの羽音はやけに大きく聞こえる。

『イツキ、無事だったか』

「アウル」

『この人間の街はもう、駄目かもしれんな。動く者が見当たらぬ。体力の無い子供などは、もう息をしていないようだ』

歪んだ精霊の力によって生気を吸い出された人々。

意識を失っているだけではなく死に瀕《ひん》しているらしい。

危険な状態なのは彼等だけではない。

結菜は気を失っているだけだが、智輝は重傷で生気を吸われている。このまま放っておく訳にはいかない。

「僕が世界樹の精霊の力を使えば」

『イツキよ……前にも言った通り、お前は今、精霊とも人間ともつかぬ不確かな存在。精霊の力を使い過ぎれば精霊に近くなり、人間としてのお前は……』

「それでも」

この惨状を見て見ぬふりはできない。

自分には彼等を救う力があるのだから。

心配そうに鳴くフクロウに微笑みかけると、樹は腕を真横に伸ばして精霊武器《スピリットアーム》の剣を召喚する。

『イッキ……』

別に剣は必要ないのだが、あった方が集中しやすい。

剣を地面に突き立てて、樹は意識を集中する。

フクロウは樹の集中を妨げないように、肩から離れて、近くの建物の屋根にとまった。

暖かい風が樹の足元から吹き起こる。

突き立てた剣を中心に、波紋《はもん》が広がるように風が吹き抜けて、虹色の光の粒が散った。

碧眼を細めて剣の柄を握りしめる樹の背に光の翅が現れる。

最高位の精霊の証である八枚の翅。

「……この街の命を、災いが起こる前の状態に戻す」

剣を手に立つ樹を中心に、緑の燐光《りんこう》を帯びた波紋が街の隅々まで広がっていく。

天空まで吹き抜けた風が雲を散らし、細かい雨が命の光を帯びてパラパラと大地に降る。光の雨に触れた黒い羽虫の魔物は次々に消え失せた。真昼の光が街に射し込み、息を吹き返した人々の鼓動が街を目覚めさせる。

側に倒れていた智輝の傷が癒えて頬に赤みがさす。

結菜の吐息が安らかなものに変わった。

もうじき皆、目を覚ますだろう。

「……っ」

樹は脱力感を覚えて呻いた。

背中の光の翅が揺らいで消える。


カラン。


目眩《めまい》に耐えかねて、樹は手の中の剣を取り落とした。

舗装された石畳に転がった剣は音を立てて横倒しになり、虹色の光の粒になって消える。

「イッキッ!?」

急速に樹の意識は遠ざかる。

地面に膝をつき、倒れ込んだ樹が最後に見たのは、心配そうに声を上げて手を差し伸べる金髪のエルフの少女の姿だった。

†

ソフィーは急に地面に倒れた樹の身体を抱きとめた。

気を失っている樹の身体は重く、支えるのがやっとだ。目を閉じた樹の呼吸は深く眠っているようだ。

「イッキ、イッキ、大丈夫?」

『親分～』

呼びかけに答えない樹に、巨大化したイタチの精霊クレパスがおろおろする。

様子を見ていたフクロウがソフィーの肩に舞い降りた。

『精霊の力を使い過ぎたのじゃろう。気を失っておるだけじゃ』

フクロウの言葉にホッとしたソフィーだが、近くに倒れている結菜が身じろぎしたので慌てた。

もうすぐ勇者二人が目覚めそうだ。

「どうしよう、何て説明すればいいの⁉」

『落ち着きなさい。このアウルが何とかしよう』

フクロウはほうと鳴いて、ソフィーとクレパスに黙っているようにと告げる。

そうしている間に、結菜が目を覚まして身を起こした。

「あれ? ……私たちはいったい」

『目が覚めたかな? 勇者たちよ』

続いて寝ぼけ眼《まなこ》をこすって起き上がる智輝。

二人を前に、フクロウは厳《おごそ》かな声を出した。

『お前たちはこの、光の精霊に助けられたのじゃ』

片方の翼で、巨大化して翅が六枚になっているクレパスを指し、フクロウは説明した。巨大化したせいで、これが樹の契約精霊ということになっている、あのイタチの精霊だとすぐには分からない。

智輝と結菜はまじまじとクレパスを見つめ、背中の六枚の翅を見て上位精霊だと悟った。上位精霊なら何かしら強い力を持っているので、この状況は不自然ではない。

「ありがとうございます。あの、英司は……？」

『……』

「エイジさんなら、転移《テレポート》の魔導具で逃げました！」

途中から来たフクロウは堕ちた勇者のことを知らなかったので黙り込み、代わりにソフィーが話を繋いだ。

「くそっ！　英司の奴、いったいどうしちまったんだ」

「英司君、様子がおかしかったね……」

いい具合に話が逸れる。

無事に隠蔽工作が終了したので、頃合いと見たフクロウは、クレパスに合図をした。

『勇者たちよ。わしらの役目は終わった。さらばじゃ』

フクロウはクレパスと共に空へ上昇する。

あっという間に彼等の姿は見えなくなった。

空を見上げていた智輝は地上に視線を戻して、ソフィーの腕の中で意識を失っている樹に気付く。

「あれ、樹はどうしたんだ？」

「そのぅ、エイジさんの攻撃を受けて……」

ソフィーはもごもごともっともらしいことを言う。

彼女は樹の青白い顔を見ながら、勇者がもっと頼りになったら樹がこんなに頑張らなくても良かったのに、とちょっと思った。

†

樹が目を覚ました時、ベッドの傍らで智輝と結菜は何やら真剣な顔で話し込んでいた。

身じろぎした樹に気付いて、智輝が振り返る。

「おっ、目が覚めたか」

その言葉に頷いて樹はベッドから起き上がり、枕元に置いてあった眼鏡を手に取って顔に掛けた。

部屋の中には智輝や結菜と一緒にソフィーがいて、彼女は少し離れた場所から心配そうな顔で樹を見ている。

「……樹、お前はロステン王国へ戻れ」

「！」

「今回のことで分かった。お前は足手まといになる。偶然、親切な高位精霊が助けてくれたからいいものの」

既に決定したことのように言う智輝に、樹は顔をしかめる。

「どうして……」

「俺たちは英司を追うことにしたんだ。あいつは同じ勇者の仲間だし、様子がおかしいのを放っておけない。世界樹は後回しにして、先にセイファート帝国の帝都に行く。英司を召喚したセイファート帝国の神官に聞けば、あいつがおかしくなった経緯が分かるかもしれない」

智輝はそう言って真剣な顔で拳を握った。

「世界樹は後回し……」

一方の樹は密かに、困ったことになったと思う。

樹の目的は世界樹へ行くことなのだ。

同じ地球から来たという英司のことは気になるが、智輝たちほどではない。

「樹、これから英司の奴と戦うなら、お前がいると邪魔だ」

「そんなっ、本当はイツキもがっ」

あくまでも樹を蚊帳の外に置こうとする智輝。

それまで静かだったソフィーが前のめりに抗議しかけたが、樹は台詞の途中で、彼女の口を素早く塞ぐ。

片手でソフィーを黙らせて、もう片手で眼鏡を押し上げる。

眼鏡の端がキラーンと光った。

「智輝の言う通りだ……僕には力がない。あいつ相手になすすべなく倒れた」

大袈裟《おおげさ》に首を振り、悲嘆に暮れる声を出す樹。

黙らされたソフィーが半眼になる。

「こんな無力な僕は智輝についていく資格がない」

「いや、そこまで言ってないけどよ……」

「だから僕はエルフの里で修業しようと思う」

「「「はあ⁉」」」

聞いていた面々は、樹の出した結論に驚愕の声を上げた。

「別に修業しなくても、もうそろそろ異世界転移の魔法陣に力が溜まる頃だから、先に日本に帰ったらいいじゃねえか」

「嫌だ」

「この世界は危険だぞ」

「危険なのはもう分かった。それよりも僕は、地球にはない魔法をマスターしてみたい。異世界に来てせっかく魔法が使えるようになったのに、マスターせずに帰るのは勿体《もったい》ない。智輝、結菜、君たちだって魔法が使えるから、危険なこの世界に来てるんじゃないのか」

「う……それは」

樹の指摘に、智輝は図星《ずぼし》を指された顔になった。

やはり異世界で魔法が使えるというのは、智輝や結菜にとっても大きな魅力だったらしい。

「僕はソフィーと一緒に引き返して、エルフの里で魔法の修業をする。君たちはセイファート帝国で英司を追えばいい。お互い用が済んだら合流しよう」

「え⁉　ソフィーちゃん戻るの？」

智輝は樹の提案内容より、エルフの少女がパーティから抜けることに反応した。

「ソフィーちゃんは一緒に来いよ！」

「いえ、私は……」

「樹と一緒よりこっちの方が楽しいぜ。せっかく森から出たんだし」

「すいません！　私はイッキと一緒がいいです！」

ソフィーは智輝の言葉を遮って爆弾発言をすると、ガバッと樹の首元に抱き付いた。彼女の思い切った行動に智輝は「えええ⁉」と仰天し、結菜も顔を引きつらせる。

樹だけは至極冷静な表情で、ベリッとソフィーを引き剥《は》がす。

「くっつくな」

「嫌だ！　連れて行ってくれるまで離しませんせん！」

「最初から連れて行くと言ってるだろう。人の話を聞け阿呆エルフ」

「え～ん、見捨てないでくださ～い～」

明らかに樹ラブなエルフの少女は、引き剥がされてもめげずに腕にしがみついている。その光景を見た智輝と結菜はショックを受けた。

「何でだ⁉　勇者の俺より樹の方がモテてる⁉」

「……樹君をとられちゃった」

かくして勇者一行は、一旦別行動をとることになった。

智輝と結菜はセイファート帝国の首都へ、堕ちた勇者の英司の情報を収集するために。

樹とソフィーは精霊魔法、精霊演武《スピリットダンス》について学ぶために、エルフの里へ。


智輝たちが部屋を去った後、ベッドの近くに座り直したソフィーは、樹を覗き込んで聞いてきた。

「本当にいいの？」

「何が」

「イツキ、世界樹に行きたいんじゃ……」

鈍感なソフィーにしては鋭い指摘だ。

「……エルフの里で準備を整えたら、僕だけでもコスモ遺跡へ行く。あいつ等と一緒だと、世界樹へ行くのに遠回りになりそうだからな」

旅をするには、先立つものがいる。

この世界のお金や食料や衣料など、新参者の樹は何も持っていない。それらの荷物は智輝たちのもので、樹は自由にできない。だから智輝たちの旅に口出しすることは憚られた。

一旦エルフの里で旅の準備を整える必要がある。

「私も一緒に行くよ！」

絶対に樹と一緒に行くんだから、と意気込むソフィーと一緒に、樹は来た道を引き返す。

これが世界樹への近道だと信じて。

第四章　浜辺に打ち寄せる記憶

01　そうだ海に行こう

樹はソフィーと一緒に、エルフの住む森オレイリアの小道を歩いていた。

歩きながら何となく、隣を歩くソフィーを観察する。

この世界のエルフは地球で流布《るふ》しているイメージ通り繊細な美貌を持つが、一点だけ異なる点がある。

それは兎耳だ。

可憐な容姿のエルフの少女の、柔らかそうな蜂蜜《はちみつ》色の髪からは白い兎耳が突き出ている。

「……」

樹は前から兎耳が気になっていた。

おもむろに手を伸ばして兎耳の先端を摘む。

ふにっ。

「きゃああ！」

ソフィーは慌てて悲鳴を上げて、樹から離れた。

少女の頬は赤く染まっている。

「何するの、イツキ！」

「その耳の触り心地《ごこち》が気になった。もう少し触らせて欲しい」

「！」

ピンと立てた兎耳を両手で隠して（隠しきれていないが）ソフィーは全力で樹から遠ざかった。

どうやら触らせて貰えないらしい。

兎耳は金色がかった白い滑らかな毛並みで、マシュマロのようなほどよい弾力があった。

いつか思う存分揉《も》み倒してやる。

樹は眼鏡の下でこっそり誓ったが、ひとまず「悪かった。もう触らない」と謝ってソフィーを呼び戻した。

雑談しながら森の小道を歩いていると、バサバサと羽音がして、フクロウが降りてきた。

『イツキや。身体は大丈夫かの』

「アウル」

『おいらもいるぜ！』

「クレパス、帰ってなかったのか」

茶色い羽のフクロウは定位置である樹の肩にとまる。

フクロウと一緒に、小さな白いイタチの精霊が降りてきた。

先の戦闘で巨大化したイタチだが、今は元の姿に戻り、背中の光の翅も二枚にランクダウンしている。

「あれ？　イタチさん、小さくなってる」

『そうなんだよ〜。せっかく上位精霊になったと思ったのに、戻っちまったんだよ〜』

巨大化した姿を知るソフィーは不思議な顔をした。

イタチは残念そうにしながらフヨフヨ宙に浮いている。

「……あれは期間限定だからな」

『期間限定⁉』

「そう簡単に上位精霊になれる訳ないだろう」

『そこはその、世界樹の精霊様のお力で』

「イタチは小さい方が可愛いんだ」

『わざとかよ！』

上位精霊への進化は一時的なものだったらしい。

フクロウは、ほっほと笑った。

『クレパスよ、力を溜めればその内に自分の力であの姿になれるようになるじゃろう。それまで精《しょう》進《じん》することじゃ』

『おいら、もっとお手軽に進化したいっすー』

「期間限定で正解だな……」

そんな会話をしながら歩く内にエルフの里に着く。

ソフィーはエルフ、樹は精霊なので、迷いの森の魔法には掛からない。樹たちはエルフの里まで迷わず真っ直ぐ最短距離を歩いたので、最初にオレイリアを訪れた時よりも早く里に到着した。

そのまま長老のセリエラの家に行くと、家の前で本人に会う。

「セリエラさん、その格好は」

「ん？」

銀髪のエルフが振り返る。

もともと露出度が高いセリエラだが、今日はほとんど裸で、申し訳程度に局部をカラフルな布で隠している。その格好は地球で言うところの水着姿に近い。

エルフの癖に胸が大きい彼女の整ったプロポーションを目撃して、樹は思わず視線を逸らした。青少年には刺激の強い格好だ。

しかも彼女は、浮き輪のような青い風船の輪を小脇に抱えている。

「何で水着なんですか⁉」

「海に行くからに決まってるだろう」

「海⁉」

この世界にも水着があったのか。

それに、海に行く、だと……⁉

愕然とする樹の横でソフィーがポンと手を打った。

「あ、そういえば、おばあ様は毎年この時期になると海に肌を焼きに行くんです！　こんがり焼けて、ダークエルフかと見間違われるくらいです」

樹はセリエラの裸身をちらりと確認する。

おばあ様と呼ばれるくらいの年齢にもかかわらず、瑞々《みずみず》しい白い肌だ。

「焼いても焼いても、一か月くらいで元に戻ってしまうんだ」

「脱皮か……？」

「イツキ、口は禍《わざわ》いの元と知ってるかい」

「僕は何も言ってませんせ気のせいです」

さすがの樹もセリエラを敵に回すつもりはない。

己の失言をさらっと無かったことにする。

「それにしてもイツキ、どうしてエルフの里に戻って来たんだい？」

「イツキは精霊演武《スピリットダンス》を勉強したいそうです！」

「へーえ」

セリエラの疑問に、勝手にソフィーが答える。

答えを聞いたセリエラは目を細めてニヤリと笑った。

嫌な予感がする。

「……僕は誰か精霊演武に詳しい若いエルフに」

「この里で精霊演武に一番詳しいのは、私だねえ」

「……若いエルフに」

「私は若くないかい？」

ニッコリ笑って聞いてくるセリエラに、樹は無言で首を横に振った。

銀髪のエルフの口元は笑っているが目が笑っていない。

「男の子が来てくれると助かるねえ。そこの荷物を持ってくれるかい」

「何でこの僕が……」

精霊演武《スピリットダンス》を学ぶためにエルフの里に戻って来た樹だが、何故か急遽、森を出て海に行くことになってしまった。


森を抜けると、そこは海だった。

「うっみ～～！」

ソフィーが歓声を上げ、浜辺で砂を蹴飛ばしてクルリと回る。

エルフの住むオレイリアの森は、ロステン王国とセイファート帝国の国境に東西に長細く伸びている。その西側は海岸線に面していて、半月状の入り江があった。

日差しを浴びて白い砂浜が広がっている。青い波がゆったりと浜辺に打ち寄せていた。

にわかにバカンスの気配がする。

「……海水浴がしたくなるな」

腕を目の前にかざして日光を遮りながら、樹は呟いた。

セリエラの荷物を背負ってきたので、汗をかいている。冷たい水に飛び込んでさっぱりしたい気分だ。

「おや、精霊演武を学びたいんじゃなかったのかい」

セリエラがからかうように言う。

確かにそうなのだが、目の前に広がる紺碧《こんぺき》の海を見るとテンションが上がって遊びたくなる辺り、樹もまだまだ若者である。

「おばあ様、私も水着を着て遊んできていいですかー？」

「勿論」

ソフィーの言葉に、樹は目を見開いた。

エルフの少女の、水着、だと。

「海に来て良かった……」

『ほんとっすね、親分……』

ちゃっかりついてきたクレパスが樹の呟きに同意する。ちなみにフクロウのアウルは暑いのと海の日差しが嫌だと言って、一緒には来なかった。

樹の呟きを聞き咎《とが》めて、セリエラが頬を引きつらせた。

「ここにエルフの美女の水着姿があるというのに」

「年増《としま》はノーカウントで」

「言ってくれるじゃないか」

ゴゴゴ……とセリエラの背後に幻の炎が燃え盛る。

「ソフィー、男に水着姿を見せないように。見られたら肌に出来物ができるからね」

「そうなの⁉　私、向こうの岩陰で遊んできます！」

素直なソフィーはすっかりセリエラの言葉を信じ込んで、着替えを持って見えないところに行ってしまった。口は禍いの元だと、樹は実感する。

「……セリエラさんの水着姿も大変お美しいです」

「最初からそう言えばいいんだよ」

この銀髪のエルフには口で勝てそうにない。

樹は負けを認めて白旗を掲げた。

セリエラの指示にしたがって、浜辺近くにある簡素な木の小屋に荷物を運ぶ。その後、波打ち際にパラソルと折り畳み椅子を設置した。

椰子《やし》の実に似た果物にストローを突き刺して、セリエラは椅子にふんぞり返る。

樹は暑いので上着を脱いで、シャツと短パンだけになると、セリエラの隣で海を眺めた。

「イツキは精霊なんだから、精霊演武《スピリットダンス》が使えないということはないだろう。何でわざわざ教えて欲しいんだい？」

「そう言われても、使い方が分からないんですよ」

もっともな質問に、樹は答えに困って口ごもった。理屈としてはそうなのだが、何故か精霊の力を使いこなせていない。精霊として過ごした幼少の頃の記憶が曖昧なことも、うまく力が使えない原因のひとつなのかもしれない。

「ふむ。精霊に近い私たちエルフも、精霊演武を介して精霊の力を使う。肉体があることで、精霊の力を直接使えなくなっているのかもしれないね。今のイツキは、精霊演武はどれだけ使えるんだい？」

「ええと、霊視と跳躍と、察知だったかな……」

「何だ、下級だけじゃないか」

馬鹿にされたように言われて樹はムッとしたが、言われた通りなので反論できない。

「戦うならせめて、中級の見切《みきり》と縮地、霊盾《れいじゅん》を知っていたいところだねえ」

「どんな技なんですか」

「見切はあれだよ、察知の上位版さ。戦闘中に敵の攻撃を見切って避ける。縮地は精霊の力を借りて目標地点まで瞬間移動する技だ。戦闘で縮地を使うと、一瞬で距離を詰めて相手の懐に入れるから便利さ」

英司との戦闘を思い出して樹は頷く。

縮地で先手を取って動くことができれば、それだけで相手を圧倒できる。

「霊盾は精霊の力を借りて目の前に薄い霊力の板を作り、相手の攻撃を防いだり弾いたりする。早速練習してみようか」

セリエラに技の詳細を聞いて、樹は霊盾を使ってみる。

精霊の力を前方に向けて盾をイメージすると、緑色の光の膜が現れた。

「そうそう。後は何度も繰り返して、戦闘の最中でも咄嗟に使えるように慣れるんだ。持続力も重要さね。長く霊盾を維持できるに越したことはない」

次は縮地をやってみようかと言われる。

ところがこれが難関だった。

目標地点をイメージして、と言われてやってみたのだが、一向に移動する気配がない。砂浜で突っ立ったまま考え込んでいると、頭がゆだってくるようだ。

「何でだ……あの英司とかいう奴にできて、何故僕にできないんだ」

「坊やは真面目に理屈を考え過ぎだね。フィーリングだよ、フィーリング」

「分かるか！」

何回やってもうまくいかず、セリエラにもからかわれて、樹は砂を蹴飛ばして憤慨する。

海に入りたいと思うのを我慢して修業中だが、そろそろ限界だ。

暑さで朦朧《もうろう》とする樹の背中に、エルフの少女の声が掛けられた。おかしい、阿呆エルフの声が風《ふう》鈴《りん》みたいに涼しく聞こえるぞ……。

「おばあ様～、あっちの岩の方に美味しそうな魚が泳いでます！」

はしゃいで報告しに来るソフィー。

その姿に樹は思わず鼻を押さえる。

ソフィーは白とピンクのひらひらの水着を着ていた。スクール水着系ではなく、露出度の高いビ

キニ系だ。染みひとつない明るい肌色の、健康的な肢体が露わになっている。しかも意外に胸が大きい。

「ソフィー……今この瞬間だけは君が天使に見えるよ」

「?」

きょとんとするソフィーを余所に、後ろで椅子の背にもたれて寝るセリエラが「若いねえ」と言って笑った。

02 オモイデガイ

結局、練習しても精霊演武《スピリットダンス》の中級二種、縮地をマスターすることはできなかった。目標地点を詳細に思い描いても、そこへ移動する感覚がどうにも掴めない。

「難しいこと考えてないで、一緒に海で遊ぼうよ!」

「ソフィー、今度は君が小悪魔に見える……」

可愛い水着姿のソフィーにほだされて、つい波打ち際で水浴びして遊んでしまう樹だった。

人気《ひとけ》の無い砂浜は、地球の日本で行くような海水浴場と違ってゴミが落ちていない。白く柔らかい砂は素足で踏むと心地よい感覚がする。

砂浜にはゴミの代わりに海藻の束や貝殻が落ちている。その中には地球では見かけないような形の貝殻もあった。

エメラルドグリーンの光沢《こうたく》が美しい、大きな巻き貝が落ちていたので拾い上げる。貝の中の住民は既にいなくなっていて空洞《くうどう》だ。

「あ、それオモイデガイだ」

「オモイデガイ？」

「たまに、中に誰かの思い出が入ってることがあるんですよ。この貝が生きている時に聞いた、人間の会話や風の音が殻の中に残るんです。耳にあてると凄くリアルな幻が見えることがあります」

「へえ」

異世界らしい不思議な貝だな。

樹は試しに貝を耳にあててみたが、貝からは何の音も聞こえなかった。

「ハズレみたいですね」

「残念だな」

陸の方からセリエラが「ご飯の時間だぞ、子供たち」と呼ぶ。

樹とソフィーは貝を砂浜に戻すと、セリエラのもとへ向かって歩き始めた。

セリエラは例年通り、海の近くに数週間滞在して肌を焼くらしい。

毎年ここで宿泊するため、浜辺の近くに小屋を建てている。キャンプの道具などは小屋に予《あらかじ》め保管してあった。海風にさらされて朽ちたような見た目だが、最低限泊まることができる設備は整っている。

小屋は狭く、唯一の男子である樹は色々な意味で忍耐の連続だ。無邪気なソフィーは恥じらいがあるようで無い。樹の目の前で服を脱ぎ出したりする。

セリエラが言った「男に肌を見せると出来物ができる」という話は、海で遊んでる間にソフィーの頭の中からすっかり蒸発してしまったようだった。

「……ここにカーテンを掛けたから、この中で着替えたりしてくれ」

「ありがとう！　でも何で？」

「……」

樹は無言で眼鏡を押さえた。

僕に聞くな。そこで笑っているおばあ様、あんたが説明しろよ！

そんなこんなで夜になった。

中々眠れない樹は、波打ち際を散歩することにする。

明るい満月に照らされた白い砂浜を素足で踏んで歩く。

他に人がいないので、自分の足跡だけが点々と残った。

樹の目の前には、月光を浴びて光る、静かな海がある。星空と海の境界線を、樹は裸眼で眺める。

眼鏡は小屋に置いてきた。

樹はセリエラやソフィーと行動するようになってから、眼鏡を掛ける頻度が減った。

この世界に来てから精霊の力のせいか、はっきり見えるようになったので、かえって眼鏡は邪魔なのだ。友人たちに対する偽装のためだけに掛けているようなものである。


精霊の力を使うと、樹は精霊に近付いていく。


フクロウのアウルによると、精霊は場所に縛られる存在らしい。海までくっついてきたイタチの精霊クレパスだが、夕方に自分の住処へ帰ってしまった。精霊は宿っている場所を離れて長時間活動できない。

世界樹の精霊である樹は、このまま力を使い過ぎて精霊になってしまうと、肉体を失って世界樹を離れられない存在となってしまう。

そのリスクは常に頭の隅に置いているが、今は異世界に来たのだから魔法を使ってみたいという気持ちが強い。


薄暗闇の中で樹の瞳は、猫の夜目のように碧に光った。

運動部ではない樹の肌は元々特別焼けている訳ではないが、今は月光を受けて白く内側から発光しているように見える。波打ち際を歩く青年の姿は精霊の力を帯びてうっすら光っていて、神々《こうごう》しく幻想的だったが、当人は自分の姿に自覚がない。

樹はしばらく歩いて波打ち際で足を止める。

そこに打ち上げられていた巻き貝を拾い上げた。

それは昼間にソフィーが言っていたオモイデガイだった。

何の気なしに貝を耳元に持っていく。

巻き貝を耳にあてた瞬間、風が吹いた。

風の中に聞こえる、聞き覚えのある声。


「私のこと、怒ってるの?」


気が付くと樹は、夕暮れの海岸線に立っていた。

どこかの国の港らしい。

大きな船がいくつも港に停泊していて、夕暮れの光で船舶《せんぱく》が赤く染まっている。海は凪《な》いでいて、穏やかな暖かい潮風《しおかぜ》が樹の髪をさらった。

目の前には、海に沈みゆく太陽を眺めている少女と少年がいる。

「……智輝、結菜……？」

小柄な童顔の少年は智輝で、隣に佇む口元にほくろがあるスカートの少女は結菜だ。

見知った後ろ姿に、つい樹は声を掛けたが、彼等の反応はない。

これは貝が見せている幻なのだ。

「ねえ、智輝……」

「うるせえ」

何故か機嫌が悪そうな智輝は、小石を海に向かって蹴飛ばした。

小石がポチャンと海に落ちる。

「君にとっては不本意よね。君をいじめていた私や英司と一緒に勇者と呼ばれるなんて」

……え？

樹は今聞いた言葉の意味を咄嗟に理解できず、呆然とした。

確かに智輝は過去、同級生にいじめられていたと、言っていた。

まさか、その加害者が親しくしている結菜だったなんて。

「あの時何で私を助けてくれたの？　見殺しにしても良かったのに」

「……見殺しになんか、できねえだろ普通」

夕日に照らされた智輝の横顔は苦しげだ。

結菜はためらいながら彼に歩み寄る。そして動かない彼の後ろに立ち、そっと背中から抱きしめた。

「嫌いだよね、私なんて。けど私は君を……」

悲しそうな、痛みをこらえているような、結菜の声。

いったい彼等に何があったのだろう。

疑問に思う樹の耳に、バサバサと羽音が聞こえた。


次の瞬間、夕暮れの港は消失し、月光に照らされた白い砂浜が樹の前に広がる。手に持ったままの貝からは、もう何の音も聞こえない。

幻の時間は終わってしまった。

『……どうしたんじゃ、イツキ。おかしな顔をして』

「アウル」

先ほど聞いた羽音はアウルのものだったらしい。

夜空から舞い降りたフクロウは、樹の肩にとまって首を傾げた。

「オモイデガイに残った記憶を見たんだ」

『ほう』

「僕は友達のことを何も知らないんだな、と思った」

智輝や結菜とは、高校に入ってからの付き合いだ。

お互いに中学時代についてはよく知らない。

前々から不思議に思っていたのだが、智輝と結菜は同じ中学出身の単なる同級生にしては仲が良い。この世界に来てからは、同じ勇者として異世界の秘密を共有しているからかと思ったが、それ以外にも理由がありそうだ。

ざぶざぶと打ち寄せる波の音を聞きながら、樹はしばらく考え込んでいた。

03　想いは届く

翌朝、朝食の時に樹はセリエラに、これからの予定について話をした。

朝食はエルフの里から持参した果物やパンだ。

朝の海風に吹かれて、陽光に輝く海を眺めながらの朝食は、都会育ちの樹にはちょっとした贅沢《ぜいたく》な時間に思える。

「僕はコスモ遺跡に行こうと思っています。智輝や結菜より先に、世界樹の様子を見に行って用事を済ませたい」

口実として言った精霊演武《スピリットダンス》を学びたいというのは嘘ではないが、樹は早く世界樹のもとに行きたかった。英司の襲撃のせいで、智輝たちが寄り道を始めたのは誤算だったのだ。

「まあ、焦るな坊や。せめて美味しい海鮮《かいせん》を食べてからにするんだ」

「海鮮？」

「ここで特大のウミザリガニが獲《と》れるんだよ。旨いぞ～」

セリエラは樹の気持ちを見透かしている癖に、ニヤニヤ笑って引き止めようとする。

ウミザリガニって何だ。ロブスターの親戚か。

興味がないと言おうとしたが、それより先にソフィーが、両手を胸の前で組んで夢見る瞳で呟いた。

「ウミザリガニ凄く美味しいんですよ！　ああ、想像したら涎《よだれ》が出てきちゃう……」

丸焼きが美味しいのだと力説されて、樹は折れた。

「ああ分かったよ！　ザリガニを食べればいいんだろう！」

「男前だねえ、坊や」

セリエラは嬉しそうに笑う。その微笑みに嫌な予感を覚えた樹だったが、もう後には引けなかった。

朝食の後に早速ザリガニを獲りに行こうと誘われ、樹たちは海岸線を歩いて海と繋がっている洞《どう》窟《くつ》へ向かった。

浜辺から少し歩くと、近くに岩が転がっている岩壁に辿り着く。

岩壁をくり抜いたように穴が空いていて、そこがザリガニが獲れるという洞窟だった。

足元にはくるぶしまで浸かるくらいの海水が流れている。

洞窟は真っ暗という訳ではなく、所々天井に穴が空いて、光が射し込んでいた。

「どこだよ、そのウミザリガニは」

「洞窟の奥だよ。なんでも凄く大きいらしいから、すぐに分かるだろう」

樹を先頭にして、一行はザリガニを求め、洞窟の奥へ進んだ。

進むにつれ、「カリカリ」と石壁をひっかくような不気味な音が大きくなる。

「ザリガニって群れなのか？」

「いや、一匹だけさね」

「一匹だけ……？」

それにしては、洞窟の奥に異様な気配を感じるのだが。

樹は行き止まりにつきあたって立ち止まる。

目の前には濡れた巨大な丸い岩があって、洞窟はここで終わりのようだった。

「何だ、ザリガニなんてどこにも……」

「イツキ！　ウミザリガニです！」

「は⁉」

ソフィーに指差されて、樹は気付いた。

巨大な岩がもそもそ動く。どうやら丸まっていたらしい。

岩だと思っていたウミザリガニの巨体から、二本のハサミ状の腕と三角形の頭、エビそっくりの尻尾が現れた。ザリガニの頭は樹の目線の二倍以上の高さにある。

「うわあ、特大ですね！　美味しそうです！」

「何言ってるんだソフィー、どう見ても大き過ぎだろ！　食べられる訳ないだろあんなの！」

むしろこちらが食べられる側じゃないか。

ザリガニは目を赤く光らせて樹たちを見下ろしている。

友好的な雰囲気にはとても見えない。

巨大なザリガニはハサミを振り上げて、樹たちに襲いかかってきた。

樹はその攻撃を精霊演武《スピリットダンス》の跳躍を使って後方へ跳んで避ける。避けながら樹は、銀髪のエルフに向かって叫んだ。

「こんな大きいなんて聞いてないですよ！　セリエラさん！」

「そりゃこいつはウミザリガニが悪魔の力を受けて変化した、マオウザリガニだからな」

「もっと聞いてないです！」

ウミザリガニ改めマオウザリガニの巨体を見上げる。

ザリガニは顔からはみ出た突起状の目をぐりぐり動かして樹を見ている。どうやら樹はターゲットにされたらしい。

舌打ちして振り返ると、セリエラだけは遥か後方へ退避してしまっている。

「頑張れ若者たち。それだけでかいと、さぞ食いごたえがあるだろうよ」

「こんなの食べれません！」

「ふえええっ⁉」

ソフィーは鈍《どん》くさいことに、まだ樹の近くにいる。

「逃げるんだソフィー！」

「ははははいっ！」

樹はソフィーに声を掛けた後、マオウザリガニに向き直った。

洞窟は狭い一本道だ。逃げても途中で追いつかれる可能性がある。

ここで戦うしかない。

「世界樹《イグドラシル》よ……」

呟いた樹の手に優美な精霊武器《スピリットアーム》の剣が現れる。

追撃してきたザリガニのハサミを、樹は剣を目前にかざして受け止めた。

「重っ」

受け止めるだけで精一杯だ。

ジリジリと身体が押し込まれて下がっていく。

防戦一方の樹に、ザリガニはもう片方のハサミを振りかざした。

樹はハサミを受け止めながら、昨日覚えたばかりの技、精霊演武《スピリットダンス》の中級三種、霊盾を発動する。

樹の前に緑の光の盾が現れ、ハサミの攻撃を跳ね返す。樹は跳ね返した直後に剣を振ってハサミを切ったが、返ってきたのは硬い感触のみだった。

マオウザリガニは樹の抵抗を受けて数歩下がる。

巨体を見上げながら樹は顔をしかめた。

敵の攻撃は霊盾で防げたが、こちらの攻撃も硬い甲殻《こうかく》を持つザリガニに通らない。

「わっ」

背後でソフィーが悲鳴を上げる。

慌てて振り返ると、彼女は岩につまずいて転んだところだった。

あの阿呆エルフ、何をやってるんだ。

気を逸らした樹の脇を、ザリガニの巨体が通り過ぎる。

「しまった！」

どうやらザリガニは、樹よりソフィーの方が良い獲物だと知ったらしい。

エビの親類らしく、細かく短い幾多の節足《せっそく》を走らせて、エルフの少女に向かっている。

普通に走っては、助けに入るのに間に合わない。

かといって、こんな洞窟の中でザリガニの上を跳躍すれば天井にぶつかってしまう。

「くそっ、ソフィー！」

早く彼女のもとへ。

そう強く樹は願う。

彼女と自分の距離が早く縮まればいいのにと思いながら、夢中で足を踏み出す。

目標地点を思い描くのではなく、目標地点に辿り着きたいという気持ちが肝心なのだ。

精霊の力は青年の願いを現実にして、奇跡を引き起こす。

精霊演武の中級二種、縮地。

燐光を散らして樹の姿が消え、一瞬でソフィーの前に出現する。

そのままびっくりしている彼女を抱え上げ、跳躍。

マオウザリガニは、誰もいない場所にハサミを振り下ろす。空振りしたハサミは潮水《しおみず》を撒き散らして洞窟の床をえぐった。魔物から数メートル以上離れた場所に、樹はソフィーを姫抱っこしたまま、ふわりと着地する。

「大丈夫か、ソフィー」

「は、はい！」

ソフィーは急いで樹の腕から身を起こして、自分で立つ。

身軽になった樹はマオウザリガニに向き直った。

樹の戦意に反応して、その手に再び精霊武器《スピリットアーム》の剣が現れる。

「全ての生命よ、あるべき姿に戻るがいい」

静かな、それでいて力強い宣言。

虹色の光が樹の周囲で唐草模様を描く。

セリエラに精霊演武《スピリットダンス》を教えてもらった今の樹は、以前にも一度使ったこの技の正体を理解している。

精霊演武の中級四種、鼓舞。

精霊の固有能力を精霊武器に乗せて戦う技。世界樹の精霊の、生命を司る力が剣に上乗せされる。

光の蔦《つた》は剣に絡まって消える。代わりに剣が虹色の光を放った。

樹は軽く地面を蹴る。もう走る必要はない。

目的地には思うだけで届くのだから。

縮地を使って一瞬でマオウザリガニの懐に辿り着いた樹は、下からザリガニの甲殻に剣を刺し入れる。生命の光を放つ剣は、今度は容易く魔物の胸に突き刺さる。

虹色の光が全身に染み込んでザリガニは痙攣《けいれん》した。

次の瞬間、ザリガニは洞窟の床に音を立てて沈む。

洞窟の床を満たす海水がしぶきを上げた。

「やったぁ、イツキ凄い！」

「……生まれ変わらせることはできないみたいだな」

「魔物はそもそも生命の循環を外れているからねえ。熊は例外だったんじゃないかい」

後ろからやってきたセリエラが偉そうに口を出す。

巨大なマオウザリガニの死骸《しがい》を眺めて、樹はふと戦闘で一時的に忘れていたウミザリガニの件を思い出した。

「焼いたら食べられるかな……？」

隣まで歩いてきたセリエラがぷっと笑った。

「坊やはあれほど『こんなの食べられない』と叫んでたじゃないか」

それはそうなのだが、せっかく仕留めたのだから死骸を有効利用したくなった樹だった。どうすれば丸焼きにできるか考える樹に、セリエラが白い腕を伸ばして洞窟の奥を示す。

「あれをご覧」

銀髪のエルフが指差す先には、洞窟の壁がある。

黒々とした壁の一部が、楕円形《だえんけい》の鏡が張り付いたように光っている。鏡面が揺らめいて、洞窟の外のどこか別の場所の景色が映る。

「あれは……」

「魔界への入り口さ。そして世界樹へ至る道でもある」

その言葉にはっとして、樹はセリエラを振り返る。

「セリエラさん……」

「コスモ遺跡に行ってもおそらくゲートが閉じているだろう。私は世界樹とこの世界を繋ぐゲートは全て閉じられていると推測している」

「何だって⁉」

「この世界から世界樹へ行くことはできない。だが、魔界経由ならどうかな。魔界から世界樹へ行くゲートは開いたままかもしれない。試す価値はあると、私は思うよ」

マオウザリガニはついでだ、とセリエラは笑う。

樹に世界樹への道を示すためにここに連れて来たのだ。

ザリガニ云々《うんぬん》に振り回された樹だが、この一瞬だけはセリエラに感謝した。

「ありがとうございます、セリエラさん」

「どういたしまして。さあ、戻ってウミザリガニを獲りに行こうか」

「え？」

「ザリガニを食べてから行くんだろう」

ニヤニヤ笑うセリエラに、ここからがザリガニ獲りの本番なのだと知って、にわかに疲労を覚えた樹だった。


海に戻って今度こそ食べられるウミザリガニを獲ると、浜辺で火にあぶって食べた。味は新鮮なエビで、ジューシーな海鮮エキスが甲羅《こうら》に溜まっていて大変美味であった。

食事の後にセリエラは、樹とソフィーに小さくまとめた荷物を渡す。

銀髪のエルフは樹の気持ちなどお見通しだったらしい。

彼女はこっそり、旅に必要な保存食や道具が入った鞄を用意してくれていたのだ。

「ソフィー、ココンを喚び出しておくれ」

「……？　分かりました」

突然、契約精霊を召喚するように言われたソフィーは首を傾げたが、おばあ様の言うことは絶対だ。彼女は言われた通り精霊を喚び出した。

「来て、金火狐《フォクシー》、ココン！」

ソフィーの前に金色の炎が起こり、その中から金色の狐が飛び出す。

『何ですか、用も無く喚び出さないでください』

「えぇ⁉︎」

相変わらず愛想の欠片《かけら》もない冷たい契約精霊に、ソフィーは肩を落とす。その肩をポンと叩いて、セリエラが狐の前に屈み込んだ。

「私が用があって召喚してもらったのさ、ココン」

『！』

「ココン。可愛い孫娘のためだと思って、無理を言ってお前にソフィーと契約してもらったが、そんなにソフィーが嫌ならここで契約解消するかい？」

銀髪のエルフは思いも寄らないことを言い出す。

樹はセリエラの言葉に驚いたが、何か意図があるのだろうと口をつぐんで成り行きを見守った。

ソフィーはうつむいて言う。

「そうだよね、私みたいな頼りない主は、嫌だよね。契約解消しよう、ココン」

『ちょ……ちょっと待ってください』

「何だい、お前の望む通りにしようと言ってるのに」

契約解消を打診された狐は慌てた。

『私の望みは、契約解消ではありません！』

「え……？」

『私の望みは……未熟な主がもっとしっかりしてくれたらと、そのぅ』

言いよどむ狐。

セリエラは狐に手を伸ばして、豊かな毛並みを撫でた。

「ソフィーは未熟さ。だけどココン、そう思うならお前はもっとソフィーに意見すべきさ。お前の言葉を聞かないソフィーもいけないが、言葉を惜しんでどうして欲しいか言わないお前にも問題がある」

『！　……仰る通りです』

正論を受けて狐は耳を寝かせる。

『私にも至らぬ点はありました』

「ココン……私と契約を続けてくれるの？」

『勿論です。改めて、よろしくお願いします』

ソフィーが差し出した手のひらに、狐がポンと前脚を載せる。

傍から見ると「お座り、お手」の状態だが、本人たちは大真面目だ。樹は密かに笑いを噛みころした。

「ありがとうございました、セリエラさん。行ってきます」

「帰りを待っているよ」

魔界は昼夜逆転しているらしい。こちらが夜の時は魔界は昼だ。樹たちは夕暮れ時にセリエラに別れを告げ、魔界へのゲートへ踏み出した。

樹とソフィーが海で過ごしていた頃、智輝と結菜はセイファート帝国の首都にいた。勇者二人は同じ勇者である英司が何故おかしくなったのか、その情報を得るためにセイファート帝国の高位神官に面会を申し込んだ。

国ごとに召喚するとはいえ、勇者なら必ず太陽神ラフテルか月神ユピテル、どちらかの加護を持っている。神官にとっては、どの国の勇者も等しく敬うべき存在なのだ。

面会を申し込んだ別の国の勇者を、無下にすることはない。

「エイジ様は、召喚した時は普通のご様子でした……」

セイファート帝国の高位神官である女性は、両手を胸の前で組み、神妙な表情で言った。

「しかし、契約精霊のリリス様が召喚に応じず、どうやら世界樹でリリス様が何かと戦っていると知ったエイジ様は、単身、世界樹へ向かわれました。そして帰ってきた時には、リリス様の翅が黒くなっており、エイジ様の様子もおかしくなっていました。事情を聞こうとしたのですが、我々を振り切って出て行かれたきり、お姿を見かけておりません」

智輝と結菜は顔を見合せた。

世界樹。

たびたび登場するキーワードに、ここまでくれば因果《いんが》を感じざるをえない。

「全ての問題は世界樹にあるってのか」

「英司君に何があったんだろう」

「世界樹へ行こう」

そう言って立ち上がる智輝に、神官の女性は頭を下げた。

「どうかお気を付けて……。エイジ様を闇の淵から救えるのは、あなた方をおいて他にいません」

「必ずあいつを連れて戻って来る」

意気込んで宣言する智輝。

勇者二人は早々にセイファート帝国の首都を出て、元来た道を戻り、コスモ遺跡を目指した。

道中、結菜は途中で別れた友人のことを思い出してどうしようかと悩む。

「……ねえ、智輝。樹君を放っておいていいの？」

「いいんだよ。あいつがいない方が早く進めるんだ。先に世界樹を見に行って、世界をさくっと救った後で合流すりゃいいだろ」

「うーん」

何となく、意外に行動力のある樹がエルフの里でじっとしているはずがないと思った結菜だが、かと言って智輝に合流しようと勧めることはしなかった。

樹は一般人。激しい戦いになれば足手まといになるという、智輝の意見も間違ってはいないからだ。

放っておいても、樹なら自分から危険な場所に飛び込むようなことはしないだろう。智輝と違って慎重で頭が良いことだし。結菜はそう自分を納得させた。

コスモ遺跡とセイファート帝国の首都はそう離れていない。

数日足らずで引き返した勇者二人は、黒光りする奇石《きせき》が並ぶ遺跡に到着する。

雑草が生えている崩れた石壁を踏み越えて、そう広いとは言えない遺跡の地下を半日かけて探索したが、世界樹へ繋がるゲートらしきものは見当たらなかった。魔物の姿もなく、静かな遺跡は平和そのものだ。

「あー、収穫なしかあ。私の勘なんだけど、ここには何も無いって気がする」

「俺もそんな気がしてる……」

遺跡の外に出て石に腰かけると、結菜は伸びをしながら言った。

智輝も石壁に寄りかかりながら彼女の言葉に同意した。

「世界樹に繋がる場所って他に無いのかしら」

「……」

「智輝？」

黙り込んで何やら考えている智輝を、結菜は不思議に思って見た。

「……俺、心当たりがある」

「え？」

「俺たちが前の冒険で倒した魔王、覚えてるか」

聞かれて結菜は、前回召喚された時のことを思い出す。

あの時は地上に侵攻してきた魔物の群れと戦い、最後は魔界に乗り込んで魔王を討ち取ったのだった。魔王の正体は植物系の魔物だったな、と結菜は振り返る。

高位の魔物に相応しい、美しい人間の男性の姿をした魔王だった。

城全体が薔薇《ばら》に覆われていて、魔王は薔薇の親株《おやかぶ》であった。切っても切っても生えてくる薔薇に苦戦を強《し》いられたのだが、智輝の炎の精霊の力と、それを増幅する結菜の風の精霊の力を合わせて何とか打ち破ったのだ。

「あの魔王のいた場所が、世界樹の空間と繋がってる」

「何で智輝がそんなこと知ってるの？」

「お前が大怪我を負って倒れてる間に、傷を治すっていう世界樹の葉をあそこから取りに行ったんだよ」

結菜は魔王との戦いの終盤、重傷を負って倒れた。

目が覚めると智輝が覗き込んでいて、傷は癒えて元に戻っていた。

彼女が気を失っていた間、智輝は世界樹に行っていたらしい。

「魔界からなら、世界樹に行けるかも……」

「そうだね。行ってみようか」

あちこち歩き回るより魔界から行く方が、遠いようで近道になるかもしれない。

結菜は頷いた。

「そうと決まれば、一旦ロステン王国に戻って、カフカの井戸の底から魔界へ降りないと」

「ああ、行こう」

一度行ったことのある場所だから、道も行き方も分かっている。

そんなに時間は掛からず目的地に辿り着けるだろう。

勇者二人はかつて魔王と戦った決戦の地へ向かう。

そこで彼等を待つ意外な真実を、今はまだ誰も知らない。

第五章　魔界の王

01　霧が立ち込める森

洞窟の壁に鏡面のように映る魔界の景色へ、樹とソフィーは飛び込んだ。

平衡《へいこう》感覚が揺らぎ、潮風や海の匂いが消える。

気が付くと二人は森の中に佇んでいた。

奇妙にねじくれた木々が立ち並ぶ森だ。

森の植生《しょくせい》は暗い色が多く、紫色の蔦が這っていたりする。海では夕暮れ時だったが、魔界では午前中の時間帯だ。しかし太陽は薄布を通したようにぼんやりしており、森には白い霧が発生していて奥の方がよく見えない。

立ち止まって辺りを見回す樹に、ソフィーが声を掛ける。

「そういえば、おばあ様が荷物に地図を入れたって言ってました」

「地図か」

セリエラに用意してもらった荷物を地面に置いて、中身を確かめる。小さなリュックに見えるが魔法で中の空間は倍以上に拡張されている。地図はどこだろう。

巾着《きんちゃく》のように紐で閉じられている箇所を緩めると、中から何か飛び出してきた。

「うわっ」

鞄から飛び出した黒い影は、茶色い翼を広げて樹の頭上を浮遊する。

『わしじゃよ、イッキ』

「な、何だアウルか。びっくりしたじゃないか。何だって鞄の中なんかに入ってたんだ」

バサバサと羽ばたいたフクロウは、樹が伸ばした腕の先にとまる。

びっくり箱から飛び出したように現れたフクロウに、樹は一瞬驚いたものの、すぐに平静に戻った。

『ふぉっふぉ。セリエラ殿に面白そうだから入ってみろと言われてのう』

「悪ふざけに乗るなよ、アウル。鞄の中で息苦しくなかったか」

『いやいや案外快適じゃよ。中は部屋になっておるからの』

「部屋⁉」

鞄を覗き込むが、ぼんやりと明るい白い空間しか見えない。

「あー、いいなあイツキ。おばあ様の特製アイテムルーム貰ったんだ」

「何だそれは」

「中が部屋になってる特製鞄だよ。どこにも売ってない、おばあ様だけの特別な魔法の鞄」

この世界にはRPGでもよく登場するアイテムバッグが存在する。物理法則を超えて物を入れられる例の魔法のアイテムだ。

アイテムバッグを作る空間魔法は精霊魔法の一種で、製作する時だけ次元と空間の精霊を喚び出して力を貸してもらう。すなわち、精霊魔法が得意な者ほど、多くアイテムが入る道具を作ることができる。

セリエラはあれでエルフの長老だ。普通の人間には無理な、部屋ほどの広い空間を鞄に付与することが可能らしい。

異世界らしいチートアイテムだ。

ソフィーの説明を受けた後、樹は地図を鞄から取り出すところだったと思い出した。

「中の物はどうやって出すんだ。地図が欲しいんだけど」

『どれ、わしが取ってきてやろう』

フクロウが一声鳴いて鞄に飛び込む。

「便利なのか不便なのか分からないな……道具を取り出すのに、いちいち鞄の中に入らないといけないのか」

部屋丸ごと持ち歩いていると考えると相当に便利だが、鞄に入っている間に出入り口を閉められたり、鞄が壊れたりしたらどうなるのだろう。

疑問に思っている間にフクロウが戻って来る。

『これかの』

「ありがとう」

樹はアイテムルームのことを考えるのは一旦やめて、地図を広げた。

これも普通の人間には手に入らないだろう、魔界の地図である。

持つべきものはエルフの長老の知己《ちき》かもしれない。

「ええと、この森を北へ向かえば街に出られるのか。街の向こうの、この赤丸が世界樹へのゲートがある場所なのか？　何て読むんだ」

地図には文字で説明が書いてある。

樹は精霊なので異世界でも言葉が通じるのだが、文字はさすがに読めない。

代わりにソフィーが読んでくれる。

「魔王城って書いてあります」

「魔王城……？」

それってラスボスがいるところじゃないか。

何でそんな場所に世界樹へのゲートがあるんだ。

「大丈夫ですよ！　前に勇者が魔王を倒したから、城には誰もいないって聞いたことがあります」

「勇者？　それって智輝たちじゃないだろうな」

たとえまだ魔王がいたとしても、世界樹に行くためには魔王城を通らせてもらうしかない。いざとなれば力ずくで突破しよう。

樹は覚悟を決めると地図を元通り丸めて、鞄の中に放り込む。

「行こう。夜にならない内に森を抜けたい」

立ち上がり、ソフィーを促して歩き出す。

フクロウのアウルは空を飛ばず、樹の肩にとまって一緒に移動している。魔界の空を飛ぶのは怖いらしい。当分は樹の肩の上か、アイテムルームの中でのんびりすると決めたようだ。

樹はコンパスを取り出して北の方角へ進む。

進むにつれて白い霧が深くなり、前方がよく見えない状態になってきた。真昼なのに気温が低く、肌寒い。樹は身震いした。

「……あれ？　何か声が聞こえます」

ソフィーが兎耳を上下にピクピク動かす。

「声？」

「助けを求めているような……」

こんな魔界の森の中で助けを呼ぶ声？

嫌な予感を覚えた樹の耳にも、その声が聞こえた。


――助けてくれぇぇ……誰か、血を、血を飲ませろぅ……。


若い男の呻き声が聞こえる。

血をくれとは、やけに物騒な救援要請である。

ここは魔界なので、人間ではないだろう。魔物の声なのだろうか。

正体不明の呻き声は本当に困っているからか、語尾に力がなくヘロヘロしている。

「確かめに行こう」

「えっ⁉」

『危険ではないかのう』

樹の提案にソフィーはピンと兎耳を立てた。

肩の上でフクロウが戸惑ったように首を傾げる。

『魔物の罠かもしれんぞ』

「だとしても、僕は物事がはっきりしないのは嫌いだ。このまま通り過ぎたら正体が分からないじゃないか」

そう宣言して樹はスタスタ歩き始める。

生憎《あいにく》と樹の行動を止められる人物はこの場にいない。ソフィーは樹の後ろに隠れるようにしながら仕方なく歩き出した。

「どっちだ」

「あ、あっちですぅ」

聴力に優れたエルフの少女は、樹の背に隠れつつ進行方向を示す。

ソフィーの指す方向へ歩くこと十数分。

木立の根元に倒れている人影が見えてきた。

「何だこいつ」

そこには洋服を着た、紅茶色の髪の青年が倒れていた。

衣服は中世ヨーロッパの貴族のように豪奢《ごうしゃ》だが、袖から見える手足は青白い。若者は近寄ってきた樹たちを見ると、カッと目を見開いた。

「お前たちは……」

「何でこんなとこに倒れてるんだ？」

「何故倒れているかだと⁉　見て分からんか！　行き倒れているのだ！」

青年は青白い顔で訴える。

頬はこけて目の下にはクマ。見るからに憔悴《しょうすい》している。本人の申告通り、行き倒れで間違いないようだ。青年は樹の後ろに佇むエルフの少女を見つけると、目を輝かせた。

「おお、旨そうな娘ではないか！　これぞ天の助け！」

「ひっ⁉」

謎の青年は地面に横倒しのまま、器用にずざざっと這って移動すると、ゾンビのごとく震える手をソフィーに伸ばした。

「血を、血を寄越《よこ》せぇ……」

「い、いや」

「調子に乗るな」

樹は青年を見下ろして、容赦なくその手を足で踏む。

ついでにグリグリ踏みにじる。

「イダダダダ……」

「血を強請《ねだ》る前に踏むべき手順があるだろう」

「う、うむ。我《わ》が輩《はい》はハイ・ヴァンパイアのアルス・レジスターと申す。美しいお嬢さん、我が輩に血を分けてくれんか」

踏まれながら青年——アルスという名前の吸血鬼はソフィーを見上げて挨拶をする。間抜けな光景だがアルスは真面目な顔だ。

ソフィーが答える前に、樹が結論を出した。

「却下だ」

「何だと！　きちんと自己紹介して、礼儀にのっとって頼んでいるのに！」

「一人称が我が輩とかいう怪しい魔物に分けてやる血はない」

「何と慈悲《じひ》の無い！　お前はそれでも人間か！」

樹は答える代わりにアルスの腕を力を込めて踏む。

吸血鬼は悲鳴を上げた。

「……ねえアウル、イツキの方が悪役に見えるけど気のせいかな？」

『ううむ……』

恐々《こわごわ》と惨状を眺めながらソフィーが聞く。フクロウは胸の羽を膨らませて黙った。いくら好々爺《こうこうや》のフクロウでもさすがにフォローできない。

止めた方がいいかと一人と一羽が悩んでいる前で、事態は更におかしな方向に進展する。

「うっ、何だ、力が湧いてくる⁉」

「？」

「何か得体の知れぬ快感が……もっと踏んでくれ！」

グリグリ踏まれながら吸血鬼の青年は何故か嬉しそうに叫ぶ。

さしもの樹も、ぎょっとして後ずさった。

「変態か⁉」

「やめるな！　もっと……」

心なしか赤みがさした顔で吸血鬼は残念そうにした。

「お前に踏まれると力が湧いてくるのだ！」

「……」

『あー、イツキよ』

無言で気持ち悪いものを見るように吸血鬼を凝視する樹。

肩のフクロウがゴホンと咳払いする。

『吸血鬼が血を吸うのは、人間の生命力を取り入れるためじゃ。そしてお前は世界樹の精霊。生命を司る力を持っている』

「僕は踏むことで吸血鬼に生命力を与えてしまっていたのか⁉」

樹は愕然とする。

「貴重な生命の力をこんな道端《みちばた》に落ちていた魔物にくれてしまうとは……」

「えらい言《い》い草《ぐさ》だな」

「生命力が勿体ない！」

「おい」

大げさに嘆く樹に、吸血鬼が「もしもし」と声を掛ける。

「我が輩を助けてくれるか、くれないか、どっちなんだ？」

「それは勿論……」

樹はニヤリと笑った。


樹は世界樹の精霊である。世界樹の精霊は生命を司る。生命と言えば光のイメージだが、樹は慈悲深く腹黒い性格をしている。

行き倒れの吸血鬼を拾った樹は、こう告げた。

生命力をやるから働け、と。

「……馬車馬のごとく働かせていただきまする」

「人聞きの悪いことを言うな。僕はただ恩を返せと言っただけだ。当然、倍返しだよな」

吸血鬼の青年アルスは、おかしな人間に拾われたものだと我が身の不幸を嘆いた。それも、ただの人間ではなく、最高位の精霊の魂を宿した存在らしい。アルスはこれでも高位の魔物なので、樹から漂う強力な精霊の気配には気付いていた。これは勝てないと、彼は早々に諦める。

「そんな尊いお方がどうして魔界に降りて来られたのだ？」

「世界樹へ行きたいんだが、今、人間界からのゲートが閉じているようなんだ」

「ははあ、ロゼウムの陰謀のせいだな」

今は背筋を伸ばしてしゃんとしている吸血鬼の青年は、樹たちと一緒に歩きながら雑談に応じた。

アルスには生命力を渡す代わりに、魔界の案内役になってもらう約束をしている。

「ロゼウム？」

「勇者たちに倒されたとされている薔薇《ばら》の魔王のことなのだ。奴は死んではいない。むしろ本性を現して、あちこちを侵略しているのだ」

「何だって!?」

魔王が死んでいないと聞き、樹は驚いた。

ここに来て初めて聞いた情報だ。

「詳しく聞かせてくれ」

「奴は薔薇の魔王ロゼウムと名乗っていたが、実際は薔薇ではなく、もっと性質《たち》の悪い植物の悪魔だったようなのだ。黒い糸のような触手を伸ばし、触れた者の精神を歪ませ、生命力を吸う」

樹はこの世界に来てから遭遇した事件を思い出す。

イタチの精霊クレパスが魔物と化し、付近の木々が枯れていた杏の里。

セイファート帝国の街に張り巡らされた黒い糸、その中心にいた黒い翅の精霊。様子のおかしかったセイファート帝国の勇者。

その全てに共通しているのは、黒い糸の存在だ。

「奴の正体を調べて森をさまよっていたところ、行き倒れてしまった……」

「何で行き倒れるんだ。というかアルス、お前は何故魔王の正体を探ってる？」

「奴はにっくき父の仇《かたき》！」

「お父さん、殺されたんですか？」

ソフィーが遠慮がちに会話に割って入った。

吸血鬼の青年は悔しそうな顔をする。

「ああ。奴は父を殺して魔王の座を奪ったのだ！」

その言葉を聞き、樹は頭の中で話の内容を整理した。

そして、結論を出す。

「元魔王の息子が行き倒れるなんて、しょぼいな……」

「何を言う！　我が父、鮮血《せんけつ》の魔王は平和な統治者として有名だったんだぞ！　確かにちょっと抜けているところがあって家臣《かしん》に舐《な》められていたが、偉大な魔王だった」

「鮮血の魔王なんてネーミングなのに平和……」

ともあれ、これでアルスの事情は分かった。

世界樹の精霊の樹としては、世界樹へのゲートを塞いでいる薔薇の魔王が気になる。そいつのせいで魔界くんだりまで足を延ばすはめになっているのだ。

「魔王の正体は分かったのか？」

「うむ。奴はこの森に生息している植物の親戚《しんせき》らしい。植物というより、キノコだがな」

「キノコ？」

「樹木に寄生《きせい》して菌糸《きんし》を伸ばす黒いキノコだ。ふふふ、ロゼウムを崇拝する愚か者どもに、奴の正体がキノコだとバラしてやる。薔薇の魔王ではなくキノコ魔王だとな！」

アルスは立場上、何度か薔薇の魔王とすれ違う機会があったそうだ。薔薇の魔王の所持品や身体の一部をかすめとり、魔力の性質からその正体を考察して、この霧の森に自生する特殊なキノコと似ていると気付いたらしい。

不気味な笑い声を上げる吸血鬼の頭を叩いて、樹は話を戻させる。

「そのキノコタケノコ魔王の弱点は何だ」

「知らん」

「はあ⁉　いったい何を研究していたんだ」

「弱点は知らんが、こういう増殖する魔物は、どこかに本体を隠すのが普通だ。本体さえ倒せば滅することが可能なのだが。さて、本体はどこにいるのだろうな……」

遠い目をするアルス。

どうやら勇者が倒したという薔薇の魔王は、分身のようなもので本体では無かったらしい。本体は密かに活動を続け、世界樹へのゲートを閉ざし、世界各地で生命力を集めて暗躍《あんやく》している。

キノコ魔王の本体はどこにいるのだろうか。

02　魔王城に咲く花

しばらく歩いて、ようやく霧が立ち込める森を抜けることができた。

だが相変わらず薄暗い。

それもそのはず、中天《ちゅうてん》に輝くのは太陽ではなく月である。人間界で見る月より一回り大きく、煌々《こうこう》と輝いているが、太陽より光量は少ない。

明るい月光に照らされた舗装済みの街道が現れる。

街道を真っ直ぐ進むとアナカリスという名前の街に辿り着くらしい。

吸血鬼の青年アルスの案内のもと、樹たちは街に向かって歩いた。

真面目な顔をしていると、彼も高位の魔物らしく美貌の貴族の青年に見える。案内しながら彼はチラチラとエルフの少女を見ている。どうやらソフィーが気になるらしい。

樹は、何となく面白くないと思った。ソフィーは自分の恋人という訳ではないのだが、だからって行き倒れの吸血鬼にくれてやるつもりはない。

一方のソフィーは、樹とアルスの水面下のやり取りに気付いていないようで、「魔界の街ってどんなところでしょう」などと言って楽しそうにしていた。


そんなこんなで、一行は月が暮れる前に街に辿り着いた。

魔界の街らしく、人間ではない、動物や奇怪な姿をした住民が道を行き来している。アルスのように人間の姿をした魔物もいるので、フクロウを肩に乗せた樹の姿はそう目立っていなかった。

問題はソフィーだ。

陽光を受けて育ったような金髪のエルフは、見るからに光の生き物である。

「ソフィー殿はダークエルフに見えるように偽装した方が」

「そうだな」

「では我が輩が魔法を掛けてしんぜよう。お嬢さん、少し血を……」

「却下」

アルスは自身の魔力を使って、ソフィーの肌が浅黒く見えるように幻惑《げんわく》の魔法を掛けてくれた。

性懲《しょうこ》りもなく代償に血を要求したので樹は蹴って黙らせる。

「わーい、私、今ダークエルフに見えてるんですかぁ？　素敵です！」

「ダークエルフはエルフの敵じゃないのか」

「？　そうなんですか？」

無邪気なソフィーの言葉に樹は疑問を持つ。しかし、ソフィーは首を傾げて不思議そうにするばかりなので、それ以上聞くのは諦めた。

無事にダークエルフの偽装を終え、街の中に入った樹たちは宿に入って宿泊することにした。

「さて、イッキ殿は世界樹へ行きたいということだが」

「魔王城にゲートがあると聞いた」

「いかにも」

吸血鬼の青年は頷く。

彼は元魔王の息子なので魔王城について詳しいらしい。

「世界樹へのゲートは、魔王城の地下のダンジョンにある」

「何でそんなところに」

「我々にとっても世界樹は特別で、世界樹へのゲートは慎重に管理せねばならないものだった。だから入りにくい地下にあるのだよ」

魔王城の地下にダンジョンがある。そう大きい規模のものではなく、深さは七層。中には魔物が放し飼いにされていて侵入者を阻んでいる。世界樹へのゲートはダンジョンの最下層に位置する。

アルスは樹たちにそう説明した。

「現在、魔王城はロゼウムではなく、代理の女城主に支配されている。リーザという女性の魔物だ。魔王城の地下に入るには、彼女をどうにかする必要がある」

「そのリーザって魔物を倒せば……」

「うむ。しかし魔王城は黒い薔薇に覆われていて、無断で近付けば薔薇が襲って来る仕組みだ。薔薇は切っても切っても生えてきてキリがない。内部に入ってしまえば、薔薇に邪魔されずに済むのだがな」

樹は腕組みをして考え込んだ。

薔薇に襲われないように魔王城に入る方法はないものだろうか。

「……そうだ」

腕組みを解いた樹は何かを思いついたように笑い、傍らの鞄を手に取った。

†

翌日、吸血鬼の青年アルスは一人で魔王城の前にいた。

彼の手には豪奢なトランクケースがある。

引きずって歩くには大きくて重いので、アルスはトランクケースを前に押し出しながら進んだ。

門の直前で、魔王城の門番に声を掛ける。

「リーザ様に貢《みつ》ぎ物をお持ちしたのだが」

「中を見せろ」

門番はアルスが開いたトランクケースを覗き込む。

トランクには朱色の布が敷き詰められており、人の頭ほどもある大きな青い宝石が収められている。宝石の中には銀河を思わせる微細な光が瞬いており、覗き込んだ門番は息を呑んだ。

「我が家の家宝、スターサファイアなのだ」

「おお……俺には何かないのか」

門番は下品な笑みを浮かべた。アルスは表情を変えずに懐から小粒のトパーズを取り出して、門番に渡す。賄賂《わいろ》を受け取った門番は途端に機嫌が良くなった。

「入れ」

黒い薔薇が絡みついた棘《とげ》だらけの黒い門がギギ……と音を立てて開く。魔王城はヨーロッパ風の石造りの建築物だ。門から城まで薔薇が植わった庭園が続く。

アルスはトランクケースを押しながら庭園を抜け、魔王城の中に足を踏み入れた。

長い廊下や階段を通り抜けて、アルスは現在の魔王城を支配している女性の魔物、リーザの前へ辿り着いた。貢ぎ物の入ったトランクケースを持って女城主の前にひざまずく。

広間の奥の数段高い位置に王座があって、王座は空《から》になっている。王座の脇に設置された椅子に、長い水色の髪をした金色の瞳の、美しい女性が座っている。彼女が現在の城主のリーザだ。

彼女は血が通っているのか疑いたくなるほど青白い肌をしていた。アームレストに肘を置き、白い指で優雅に頬杖《ほおづえ》をついている。広間の左右には取り巻きらしい人の姿をした魔物が数体、並んでいる。

「おや、これは鮮血の魔王の息子じゃないか。私に貢ぎ物とは、どういう風の吹きまわしなの」

「……時代は薔薇の魔王のものだと悟ったのだ。我が輩は父と違って利口《りこう》な生き方を選ぶ」

「ほう」

リーザは興味深そうに相槌《あいづち》を打つ。

彼女に見えるように、アルスはトランクケースを開ける。

青い煌めきを放つスターサファイアを目にして、しかしリーザは動じずに静かに言った。

「それで本音は何なの？　お前はいったい何をしに来た？」

「……くふふっ」

問われて頭を下げたアルスは少し無言だったが、やがて肩を揺らして笑い出した。

「何がおかしい」

「ふははっ、これが笑わずにいられるか！　リーザ、お前の主は薔薇の魔物などではない！　植物種ですらない！　お前たちが崇《あが》めて帰りを待っているのは、キノコの魔物だ！　薔薇の魔王の正体はキノコだ！」

「何⁉」

「キノコ魔王に仕えるお前たちは、とんだ間抜けどもさ！　ははははっ！」

広間に控える魔物たちがざわめいた。

アルスは、これで魔王の正体が分かった部下たちは目を覚ますだろう、と思っていた。しかし……。

「薔薇の魔王の正体がキノコだと……」

「言うにことかいて、何の冗談だ」

「そんなことがある訳ないだろう」

魔物たちは呆れた顔で口々に言う。

あまつさえ、可哀相な子供でも相手にするようにアルスを見るではないか。

「……アルスよ。我らが麗《うるわ》しき薔薇の魔王の正体が、キノコである訳がないでしょう。よくもまあ、口から出任せを。冗談も大概にするがいい」

城主のリーザもそう言って溜め息をつく。

アルスは思っていたのとは違う展開に愕然とした。

「何故だ⁉　我が輩は嘘を言っていないぞ！」

「くどい。お前はいったい何をしに来たの」

「……くっ。真実を見ようとしない愚民《ぐみん》どもめ」

ギリギリと歯噛みして、アルスは拳を握りしめる。

彼はその拳を前に持ってくると、腕を大仰《おおぎょう》に振って宣言した。

「キノコ魔王と訣別《けつべつ》するなら、我が輩の部下にしてやろうと思ったが、仕方ない。我が野望を遮るお前たちを血祭にあげてくれる！」

アルスの宣言に広間がざわめく。

城主のリーザは頬杖をついていた腕を伸ばし、空中でパチリと指を鳴らした。

「威勢だけは良いが、お前には荷が重いのではないかしら」

彼女の前に白い花弁が複数枚現れ、弧を描いて空中を踊る。

花弁は魔力の光を帯びながら、鋭い矢のようにアルスに襲いかかった。

「くぅっ！」

アルスは魔力で防壁を張ったが、耐えきれず吹き飛ばされる。

壁にぶつかって崩れ落ちた彼を、広間の魔物たちが嘲笑《ちょうしょう》した。

「鮮血の魔王の息子が堕ちたものだ」

「話にもならないな」

「我らが魔王に敗れるのも道理」

嘲笑《あざわら》う魔物たちを前に、アルスは歯を食いしばって身を起こす。

「黙れ！　お前たちは父に守られてきた癖に！　何も知らない癖に！　父を愚弄《ぐろう》するな！」

「……無力な者の言葉が通ることはない。死ね」

無表情に宣告してリーザが再び腕を振り上げる。

花弁の嵐が湧き起こる。

白い矢がアルスに突き刺さろうとした、その瞬間。

「……こんなことになるだろうと思ったよ。まったく世話が焼けるな」

碧の光の盾が吸血鬼の青年の前に現れ、攻撃を無効化する。

白い花弁は力を失って赤い絨毯の上に落ちた。

いつの間にか現れた、碧の色の目をした人間の青年が、優美な長剣を手にそこに立っていた。彼は何も気負うことなく、堂々とアルスとリーザの間に立って魔物たちを見渡す。

その立ち姿には不思議な威厳と気迫が感じられて、広場の魔物たちは無意識に後ずさっていた。

†

「お前は何者だ⁉　どこから入ってきた？」

リーザは椅子から立ち上がると鋭く誰何《すいか》する。

樹は肩をすくめた。

トリックは非常に簡単だ。セリエラ特製のアイテムルームに入って、鞄をトランクケースの朱色の布の下に隠し、アルスに運搬させた。

アイテムルームの中はその名の通り部屋になっており、外の景色が壁にテレビのように映し出されているので、外の状況は逐一《ちくいち》把握できる。しかも自由意志で外に出られる便利仕様だ。

しかし、名探偵のアニメではあるまいし、敵にいちいちトリックを説明してやる義理はない。樹はリーザの前半の問いにだけ、適当に答えた。

「僕は、そこの吸血鬼の友人みたいなもんかな」

庇われたアルスは立ち上がって声を上げる。

「イツキ殿、助太刀《すけだち》無用《むよう》なのだ！」

「アルス、元魔王の息子ともあろうものが心が狭いぞ。王は一人で戦うものじゃない。部下や周囲の者に戦わせるものだ」

「言われてみれば」

単純な吸血鬼は樹の言葉に納得している。

やり取りを聞いていたリーザは、かつてない戦慄《せんりつ》を覚えていた。

魔物に怯える様子も見せない人間の青年からは、凄烈《せいれつ》な精霊の気配が放射されている。先ほどの攻撃を防いだ技は精霊演武《スピリットダンス》の中級第三種、霊盾だろう。かなりの使い手と見た。勇者の関係者だろうか。

油断ならない相手だ。

「そういう訳で、アルス、お前は雑魚《ざこ》の相手をしてろ」

「何故か我が輩が使われる側のような気がするのだが」

「気のせい気のせい」

軽くいなされた吸血鬼の青年は、広間の他の魔物を見回す。

リーザは焦った。散々馬鹿にはしたが、彼が鮮血の魔王の息子であり、高位の魔物であることは確かなのだ。部下ではアルスに太刀打ちできまい。

指示を出そうと踏み出した彼女は、長剣を手にした青年の、こちらを見る澄んだ碧の瞳の前に動きを止める。

深い森のように静かで、力に満ちた色だ。

ぞくりとする。

彼はいったい何者なのだろう。

「さて……薔薇の魔王は勇者に倒されたと聞いたけど、お前たちは死んだ魔王の帰りを待っているのか?」

「ロゼウム様は死んでなどいない！　王が帰るまで城を守るのが私の務め！」

「何で死んでいないと分かるんだ?」

樹の問いかけに、リーザは口の端を笑みの形に歪める。

「各地の世界樹へのゲートが閉じているのがその証。我等が王は世界樹の力を我がものにして、帰って来られる。そして我等に永久の繁栄をくださるのだ」

誇らしそうに言い放つ女城主リーザ。

その言葉を聞いたアルスが顔をしかめる。

「何と愚かなことを……世界樹は世界の根源から生える樹。簡単に扱える力ではないのだ。代々の魔王も触れなかった禁忌《きんき》を、お前たちは……」

「代々の魔王こそ愚かだったのよ。そこに熟した果実があるのに、食べようとしなかったのだから。意味が分からないわ」

アルスによると、代々の魔王は世界樹へのゲートを守るだけで、世界樹に手を出してこなかったらしい。意外に道徳的である。

薔薇の魔王ロゼウムは禁忌を破り、世界樹に干渉してその力を我がものにしようとしている。さらにリーザの言い様から、薔薇の魔王の本体は世界樹の近くにいるのかもしれないと推測できた。

樹は碧眼を細めた。

「そうか……ひとん家《ち》に不法侵入して、内側から鍵を掛けてくれたんだな。腹が立つ」

勇者召喚に巻き込まれ偶然この世界に来てから、樹は幼い頃に夢の通い路を渡って世界樹で遊んだ記憶を取り戻した。今は自分が世界樹の精霊だという自覚もある。自分の場所である世界樹が荒らされていると思うと、妙に腹立たしい気持ちになる。

「イツキ、怒ってるの？」

「ソフィー、出てくるなって言わなかったか」

ひょっこり柱の影から顔を出すエルフの少女。

今はアルスの魔法で、他人からは肌が浅黒いダークエルフに見えるはずだ。霊視を発動中の樹の碧眼には、金髪に白い肌、白い兎耳の姿が見えているが。

危ないから隠れていろと言ったのに。

樹は彼女に戻れと言おうとしたが、天真爛漫《てんしんらんまん》なソフィーは思いもかけぬ行動に出る。

「私だって役に立つんだもん！　えいっ」

彼女はリーザに向かって、手に持った弓を引き絞る。

弓には、足元で不安そうに主を見上げる金毛の狐が付与した炎が燃えていた。

金色の炎が灯る矢を放つソフィー。

矢はひょろひょろと飛び……。

「あー、やっぱりな」

リーザに当たらずに、近くの赤い絨毯に着弾する。

「は、外れた⁉」

「当たったことがあるのか？」

「あるもん。狩りではちゃんと当たるもん！」

呆れた顔で嘆息する樹に食ってかかるソフィー。

漫才のようなやり取りに、脇からアルスが声を掛ける。

「もしもし、イツキ殿、ソフィー殿」

「何だ、今取り込み中……」

「燃えておるんだが」

「ん？」

ソフィーの矢が着弾した絨毯を見ると、何と、炎が燃え広がりつつあるではないか。広間の魔物たちは炎を前に怯えて慌てふためいている。

「火じゃー！」

「焼け死んでしまうー！」

魔物たちは右往左往《うおうさおう》して悲鳴を上げた。

あっという間にリーザ以外の魔物が広間から逃げ出してしまう。

「何だ……？」

「奴等は、リーザ殿もだが、植物系の魔物なのだ。火には弱いのである」

「なるほどな。ソフィーもたまには役に立つじゃないか」

よしよしと樹はエルフの少女の金髪の頭を撫でる。

ついでに兎耳の感触も堪能する。

かくして広間は火の海になった訳だが、樹たちは平然としていた。

「くっ」

リーザは炎を前に、悔しそうに唇を噛んでいる。

「おのれ……私の命に代えても、この王座は守る！」

美しい水色の髪がほどけ、目はつり上がり口元は裂けて、リーザは鬼の形相《ぎょうそう》になった。手足が白さを増して地面に垂れ下がり、白い幹のようになる。

どうやら本性を現しつつあるらしい。

対する樹は、冷静に精霊武器《スピリットアーム》の剣を、燃え盛る炎にかざした。

「植物は好きなんだけどな」

そう言う樹は少し憂い顔だ。

手にした剣に金色の炎が乗り移る。

樹は無造作に踏み出し、次の瞬間にはリーザの前にいた。

精霊演武《スピリットダンス》の中級第二種、縮地。

燃える剣を彼女の白い幹に刺し入れる。

黄金の炎に呑み込まれ、消失していく花の魔物。怒りの形相で伸ばした腕はしかし、脆《もろ》く炎の前に崩れ去る。火花がぱちぱちと散るのと同時に濃い花の香りがして、白い花弁が広間に飛び散った。

それが余りにも呆気ないリーザの最期だった。

03　地下で待ち受ける者

広間の絨毯を餌に燃え広がった金色の炎は、樹が剣を一振りするとすぐに消えた。世界樹の精霊の力で炎を収めたのだ。ちなみにこれが敵の放った魔力の炎なら、こう一瞬で消すようなことはできない。味方の精霊が放った炎だから簡単に消せたのである。

魔物たちがいなくなった広間を見渡した樹は、剣を送還する。

樹はやや呆然とした様子のアルスに歩み寄ると、彼の肩をポンと叩いた。

「で、地下のダンジョンへの入り口はどこだ？」

「……ああ、こちらだ」

肩を叩かれて我に返ったアルスは、樹を空《から》の王座へ導く。

背もたれの後ろにある突起を回すと、王座が横にずれて地下への階段が姿を現した。

「定番だな……」

いかにもな隠し階段に樹は唸った。

「アルス、ここまでありがとう。僕たちは」

「我が輩も行く！」

約束の案内はここまでだ。

後は樹とソフィーだけで行くつもりだったのだが、アルスは意気込んで自分も行くと宣言する。

樹は困って頭を掻いた。

「無理しなくていいんだぞ」

「いや！　我が輩はまだ何の役にも立っていない、どころか、イツキ殿に助けられてばかりだ。恩を返させてくれ！」

意外に律儀な吸血鬼の青年の勢いに、樹は諦めた。

「自分の身は自分で守れよ」

「無論」

アイテムルーム付きの鞄をトランクケースから拾い上げたソフィーが駆け寄ってくる。樹は彼女に「行こうか」と声を掛けた。

「先頭はアルスだな。罠があったら何とかしてくれ。真ん中がソフィー、しんがりは僕」

「む。我が輩が一番危険なような」

「気のせい気のせい」

樹に軽くかわされたアルスは、仕方なく先頭をきって暗い階段を下りながら、片手を掲げる。その手の上に光の球が出現した。魔法の灯りで足元が見やすくなる。

階段を下った先には、冷たく濡れた地下通路が広がっていた。アルスが灯した光が、古代遺跡のような雰囲気の通路を照らし出す。

「七層あるんだっけ。面倒くさいな。一気に下に降りられないのか」

「うむ。こちらに昇降機がある」

「エレベーターがあるのか⁉」

「えれべーたーが何なのかは知らんが、一気に下に降りることは可能なのだ」

七層あるのは侵入者対策で、それとは別に管理者用の直通通路があるのだという。

アルスは何もない壁に手を置く。

壁に白い光の線が走って、四角い穴がぽっかり空いた。

その先にあったのは、エレベーターとしか表現できない古い昇降機だった。

樹たちが乗り込んだのを確認して、アルスがボタンを押す。

機械が動く音がして、樹たちが乗った小さな部屋が下降を始める……しかし。


ギギギギィィィ……。


錆《さ》び付くような音がして、途中で止まった。

「むう、壊れているようであるな」

「どうするんだ?」

「ここは地下六層のようだ。あともう一層だけなので、直せないなら歩いて降りるしかない」

扉を開いて、一旦樹たちは外に出る。

アルスは昇降機の脇の壁を開いて、何やら機械を覗き込んでいる。

樹も脇から眺めたが、純粋な機械という訳ではなく、魔術文字らしいぼんやり光る象形《しょうけい》文字が所々に刻まれている。これは自分の手には負えなそうだ。

「あれ、こんなところにもボタンが」

「何やってるんだソフィー!」

嫌な予感がした。

樹は止めようとしたが、昇降機の中に残っていたソフィーは、しゃがみこんで低い位置にあるボタンを既に操作していた。

「ソフィー!」

慌てて踏み出す樹の前で扉が閉まる。目を丸くしたソフィーの姿が扉の向こうに消えた。続けて、ヴーンと機械が動く音。

昇降機が作動しているらしい。

「非常ボタンがあんなところにあったとは」

「感心してる場合か!　あいつ一人でどこへ行ったんだ!」

「動作からして先に七層に着いていると思われる」

前にもこんなことがあったなと樹はげんなりする。確かエルフの森の異空間で、ソフィーは自分から迷子になったのだった。

あの阿呆エルフ、懲《こ》りないな。

「こうなったら七層に歩いて降りるしかない」

「ソフィーの奴、大丈夫なのか」

「まだ我が輩の掛けた幻惑が有効である。ソフィー殿はダークエルフに見えるので、下級の魔物には攻撃されないだろう」

「だといいけどな」

樹はやれやれと溜め息をついた。

昇降機を操作するのを諦めたアルスは、立ち上がって樹に声を掛けた。

「我が輩は……」

「いい加減、我が輩はやめろ。聞いてて苛々する」

「私はイツキ殿が好きだ」

樹はブッと噴き出した。

「ななな、何を言ってる、変態！」

できるだけアルスと距離をとる。

「お前はソフィー目当てじゃなかったのか」

「ソフィー殿は血が旨そうで気になっているが、それとこれとは別なのだ。そして誤解させたが、そういう意味ではないのだ。私はイツキ殿に興味を持っている」

「それならそう言えよ。鳥肌が立ったじゃないか」

二の腕をさすりながら樹は文句を言う。

アルスは「すまない」と言って笑った。

「イツキ殿は世界樹の精霊だというが、どこから来たのだ。何故世界樹と離れてここにいるのか。世界樹に行った後は、どうするつもりなのか」

「……」

樹は世界樹を見た後、友人たちと地球に戻るつもりだった。

しかし、薔薇の魔王なる存在が世界樹に干渉している今、嫌な胸騒ぎを覚えている。自分は偶然、巻き込まれてこの世界を再び訪れた。だが本当に偶然なのか。

世界樹は危機を迎えている。

運命なんてものがあるとは信じがたいが、助けを求める声に、導かれたのかもしれない。

樹は無言でアルスに背を向けて、通路の奥へ歩き出す。

「アルス、話の続きはソフィーと合流してからだ」

そっけない返事に、アルスは内心タイミングが悪かったと反省して「そうであるな」と謝った。

樹の隣に並ぶと最短の道について説明する。

二人の青年は、昇降機で一人先に降りてしまったソフィーを追って、地下七層を目指し人気《ひとけ》の無い通路を進み始めた。

†

暗い通路に足音が響き渡る。

魔王城の地下ダンジョンの最下層。その光なき迷宮の通路を、精霊の灯す赤い炎が照らし出した。足音は二人分。炎に照らされる、背の低い少年と、大人びた印象の少女。

勇者である智輝と結菜だ。

「思ったより早く来られたね。ここから先は私は知らないけど」

「こっからは一本道さ」

実は二人は、樹たちより先行して地下に入っていた。

ここまで樹たちとすれ違わなかったのには理由がある。

魔王城の地下ダンジョンは、天然の洞窟と繋がっているのだ。前回、智輝たちは洞窟から地下ダンジョンに入り、地下から魔王城へ上がって薔薇の魔王を倒した。今回は魔王城に上がらずにそのまま最下層を目指したのだ。

ダンジョンには魔物が棲息していたが、勇者二人は前回の経験もあって苦戦せずに最下層へ至った。

「あれは……」

世界樹へのゲートがある、一番奥の部屋。

その手前にある大きな広間に人影が見える。

「遅かったじゃないか」

人影が動いて広間に灯りがつく。

そこは太い柱が何本も立ち並ぶ、天井が高い大広間だった。黒曜石のような材質の床に、智輝たちの足音が木霊《こだま》する。柱の上部に付いた灯りによって、智輝たちの影が四方に広がる。得体のしれない冷気が広間を満たしていた。

「英司、何でここに……」

広間の奥で待ち受けていたのは、行方不明になっていたセイファート帝国の勇者だった。光を吸い込むような黒い六枚翅の、女性の姿の精霊が傍らに寄り添っている。

「君たち、どこへ行くつもりだい？　まさか世界樹とか、言わないよな」

「そのまさかだ」

距離を置いて二人は英司と向かい合った。

英司は不気味な笑みを浮かべている。

「英司、お前は世界樹から帰って来てから、様子がおかしくなったと聞いた」

「ちょっと生命の力を分けてもらおうとしただけなのに、追い出されたのさ」

「何で生命の力がお前に必要なんだ」

智輝は問いかけながら、戦意を高めて契約精霊を呼ぶ。

赤い髪の美少女の姿をした上位精霊ルージュが、炎と共に智輝の背後に浮かび上がった。同時に結菜の契約精霊、白い燕尾服を着た少年の姿のリーガルが、契約者の隣に風と共に現れる。

臨戦態勢の智輝たちを前に平然とした様子で、英司は答える。

「何故って？　智輝は知ってるはずだよ。俺《私》が誰なのか」

ニヤリと笑む英司に重なって、一瞬、長い黒髪の青白い男性の姿が見えた。

「薔薇の魔王ロゼウム！」

「倒したはずじゃ……」

倒したはずの敵が、何故、同じ勇者である英司に取り憑いているのか。英司は中級以上の精霊演武《スピリットダンス》が使えるくらい強い。相手が魔王といえど、そう簡単に敗れたりしないはずなのに。

英司の身体を借りてロゼウムは余裕の表情を見せる。

「この勇者は水の属性だ。こいつにとっては不運なことに、私には相性が良かった。全ては計画通りに進んでいる。世界樹の力も、もうすぐ手に入る……」

「させるかっ！　英司、目を覚ませ！」

智輝は叫んで精霊武器《スピリットアーム》の炎の槍を召喚する。

続いて結菜も精霊武器の白い杖を取り出して振る。

「精霊演武、上級第一種、霊鎧《れいがい》！」

白い風が吹き、智輝と結菜の身体の輪郭《りんかく》が淡く輝く。

霊鎧は、精霊の力をオーラのようにまとって、敵の攻撃の威力を軽減する技だ。英司が縮地で突っ込んできても、ダメージを抑えることができる。

「うおおおおぉっ！」

手にした槍に紅蓮の炎が収束する。智輝が中級以上で唯一使える技、精霊演武の中級第四種、鼓舞。上位精霊ルージュの炎が精霊武器に上乗せされる。

智輝は炎を撒き散らしながら、英司に豪快に突っ込む。

英司は表情を変えずに、自身の精霊武器である氷の双剣を召喚した。

広間の中央で炎の槍と氷の剣がぶつかる。

二人の間に、温度差で白い蒸気が発生した。

「英司、お前はそんな弱くないはずだろっ！　正気に戻れ！」

「そうかな。人は弱く愚かだ。勇者と呼ばれても、君たちはただの人間……そもそも、君は偉そうに言える立場かな？」

そう言った英司の前に冷気の盾が出現する。精霊演武の中級第三種、霊盾。霊盾に押されて智輝は後退した。本来、防御に使う技を攻撃に応用されたのだ。

英司に取り憑いた魔王は嘲笑する。

「私を世界樹まで連れていってくれたのは君だろう、智輝」

「え？」

「思い出すがいい。己が過《あやま》ちを……」

風景が智輝の前でぐにゃりと歪んだ。

動悸《どうき》が速まる。嫌な汗が背筋ににじんだ。

後ろで結菜が「そんな奴の言うことを聞かないで」と叫んでいるが、今の智輝には遠くエコーが掛かっているように聞こえる。

閉まっていた記憶の引き出しが唐突に開いて、智輝を混乱に陥れた。

心当たりがある。

俺はいったい何をしでかしてしまったんだ。

04 暴かれた過去

今でこそ仲良く肩を並べて戦っているが、昔の智輝は、結菜や英司とあまり良好な関係とは言えなかった。その理由は中学時代にある。

背が低く童顔で言動が幼い智輝は、同級生たちの輪に馴染《なじ》めなかった。

結菜や英司は輪の内側にいて、輪の外にいる智輝の苦しみを見て見ぬふりをしていた。何の因果か、異世界に勇者として同じように召喚されることになった時も、当然、全て水に流して仲良く、という訳にはいかなかったのだ。

特に結菜との関係は複雑だった。

智輝は結菜が嫌いだった。綺麗な女の子に対する純粋な好奇心より、彼女の大人びた高飛車な態度への嫌悪が勝った。一緒に旅をしなければいけなくなった時は、嫌で仕方なかった。お互いに「今だけ」だと考えて距離を取っていた。

打ち解けるきっかけとなったのは、薔薇の魔王との一戦だった。

「結菜……」

魔王城の床に結菜の長い黒髪が広がる。

彼女は血だまりの中で動かない。

青白い頬に血の気は無く、呼吸はあるかないか分からないほどだ。

智輝は彼女の傍らに膝をついて、ただ途方に暮れていた。

「俺は、お前のことが嫌いなのに」

忌々《いまいま》しくて離れたくて仕方なかったのに、いざこうなると、うろたえてしまう。当然だ。死んで欲しいほど憎かった訳じゃない。

『彼女を生き返らせたいか』

「薔薇の魔王⁉　消滅してなかったのか」

姿は無いのに、脳裏《のうり》に響く声。

それは確かに聞き覚えのある、敵の声音《こわね》だ。

薔薇の魔王は先ほどの智輝の一撃で燃え尽きたはずであった。

『ふふ……私のことはどうでもいいだろう。それよりも、彼女のことはいいのか。そのままでは死ぬぞ』

姿無き声は智輝に語りかける。

聞いては駄目だと分かっていても、つい耳を傾けてしまう。

『魔王城の地下の最奥部《さいおう》には、世界樹へのゲートがある』

「世界樹？」

『世界樹の葉を使えば、瀕死の人間でも、すぐに復活できるぞ』

ここは異世界だ。魔法があるのだから、そういった便利なアイテムが存在しても不思議ではない。

智輝はよろめきながら立ち上がる。

『私が場所を教えてやろう。その代わりにひとつ、頼みたいことがある』

「頼み……？」

声の出所を探して見回す智輝の手元に、ぽとりと小さな黒い粒が降って来る。手のひらの上で確かめたそれは、爪の先くらいの黒い種子。

『それを、世界樹の近くに埋めてきてくれないか』


今まですっかり忘れ去っていた。

そうだ。

智輝は嫌いだと思っていた少女を助けるために世界を裏切った。

罪悪感は薄かった。

魔王の頼みは、人を殺せという類の物騒なものではなく、ただ種をまいてくるという平和なものだったからだ。それが後々どのような結果をもたらすか、想像できなかった。

結果は目の前にある。

「……世界樹は精霊たちや竜が守っている。私がそのまま行くと、世界樹に近付く前に追い返されてしまう。だから、勇者の君が必要だった」

薔薇の魔王に取り憑かれた英司が笑う。

違う。

俺はこんな未来が欲しかった訳じゃない。

「俺のせいなのか……？」

「そうだ」

無慈悲な断定。

「君は愚かで弱い……だから俺は君を軽蔑《けいべつ》する」

台詞の後半は英司本人の言葉に聞こえた。

いや、そう聞こえるよう魔王が演じたのか。

分からない。

だが聞いたことのある言葉だ。そう、過去、少年少女を集めた学校という檻の中で、智輝が英司から受けた台詞だったか。

ぷつんと理性の手綱が切れる。

「うわあああぁっ！」

智輝は炎の槍をがむしゃらに振り回して突撃する。

その攻撃を、魔王は避けなかった。

「え？」

槍は呆気なく英司の腹部に沈み込む。

ほとばしる血が智輝の顔を濡らす。

残酷な手応えに彼は呆然とした。

「あ、ああ……」

こんなはずじゃなかった。

異世界で勇者になるはずだったのに。

しかし、現実はあまりにも不条理だ。

崩れ落ちる英司を前に、戦意を失った智輝の手から精霊武器《スピリットアーム》が消えた。

†

死闘を演じる勇者たちは、柱の影から見つめるエルフの少女の存在に気付いていなかった。樹たちと別れて一人先行してしまったソフィーが、そこにいた。

「あわわ……修羅場ですぅ」

『言葉の使い方が間違っておる気もするが、確かにそうじゃのう』

ソフィーの肩に乗ったフクロウが羽を膨らませる。

フクロウのアウルは樹のアイテムルームの中で大人しくしているつもりだったが、荷物を持つソフィーがあまりにも危なっかしいので、仕方なく出てきたのである。

『ソフィーや。ここは危険じゃ。どこか安全な場所でじっとしておれと、さっきから何度も言っておろう』

「でも、じっとしてると怖くなっちゃって」

止まっていられない性分《しょうぶん》らしいエルフの少女はもじもじする。

ようやくフクロウの言葉通り、危険な場所から離れようと後ずさりかけるが。

「あ！」

小石を踏み、咄嗟に声を上げてしまう。

ソフィーの高い声は思いのほか、広間に大きく響いた。

「誰だ⁉」

倒れた英司を前に呆然としていた智輝の視線が、ソフィーを見つける。

「ダークエルフ？　いや、お前は樹と一緒に行った……」

「ほええ」

何を思ったか智輝はソフィーに駆け寄ると、腕を掴んで柱の影から引きずり出す。そのまま戸惑う彼女と共に、倒れた英司の向こうにある、世界樹へのゲート、光の扉に飛び込んだ。

『ソフィー！』

「智輝！」

肩から落とされたフクロウが慌てふためき、凶行を前に混乱していた結菜が叫んで止めようとする。しかし、彼等の行動は黒い翅の精霊リリスに阻まれて叶わなかった。

†

冷たい床に横たわる英司は、途切れ途切れになる意識の中でもがいていた。

夢の中にいるように意識がぼんやりしていて、自分の意思で身体を動かすことができない。

魔王は彼の知識や経験を利用できるようだ。英司が言いそうな台詞を選んで、魔王が好き勝手言うのを聞いているしかなかった。

「くそっ……駄目だ、智輝……そんなことをしたら、奴の思い通りに……」

自分も、結菜も、智輝を軽蔑してなどいない。

狭い世界の中で心無い言葉をぶつけたこともあったが、智輝の明るさや前向きな態度に救われたこともあった。特別言葉にして確認していないが、友達、だと思っていたのだ。

「誰か……この流れを止めてくれ」

視界に映る己の契約精霊は、黒い六枚の翅を優雅に羽ばたかせ、ゲートの前に立ちはだかるところだった。

流れ出す血で肉体から熱が失われていく。

冷たい闇の淵がすぐそこにあった。

どうすることもできないまま、彼の意識は急速にブラックアウトした。

第六章　世界樹

01　助けを求める声

目まぐるしい展開に、結菜はついていくので精一杯だった。

英司に取り憑いた魔王と、智輝が話を始めて、いきなり逆上した智輝が英司を刺した。英司は避けなかった。腹に穴を空けた英司は床に倒れ、智輝は呼びかけに答えない。

さらに事態は思わぬ方向へ進展する。

柱の影に潜んでいたらしい、エルフの少女の腕を引いて、智輝が世界樹へのゲートに飛び込んだのだ。チラッと見た横顔は、この前まで一緒に旅をした少女のものだった。

ソフィー、何でこんなところに？

本当に訳が分からない。

結菜は智輝を追おうとした。

しかし、奥へ進もうとした彼女を遮るように、黒い翅の精霊が立ち塞がる。精霊の足元に倒れる英司を見て、結菜は唇を噛んだ。英司は重傷だ。放っておく訳にはいかない。

黒く染まった六枚翅を広げ、浮遊する黒髪の美女の姿の精霊。その氷のような無表情な顔を見上げて、結菜は叫んだ。

「リリスちゃん、目を覚まして！　このままじゃ、英司が死んでしまう！」

『……』

「リリスちゃん、言ってたじゃない、英司が大好きだって！　本当にこれでいいの⁉」

精霊は答えない。

何かの感情を探してリリスを見つめた結菜はハッとした。虚《うつ》ろな湖の色の瞳の目尻から、透明な滴がこぼれ落ちる。精霊の内心の苦しみは結菜には想像することしかできないが、抑えられていても涙が流れるほど酷くつらいものなのだろう。

「戦うしか……ないの？」

結菜は自身の精霊武器《スピリットアーム》である白い杖を握りしめる。

傍らに現れた風の精霊リーガルが言った。

『結菜、リリスは解放されることを望んでる』

その言葉に覚悟を決めて、白い杖を構える。

しかし、結菜は戦いではアタッカーではなくサポーターである。前に出て攻撃を仕掛けることには慣れていない。

戸惑っている内に、リリスの周囲の温度が下がる。

氷の柱が広間の床から生えてくる。

「くっ」

結菜は精霊演武《スピリットダンス》の霊盾を展開するが、それで手一杯になってしまった。次々に生えてくる氷の柱が霊盾を削っていく。

「駄目、耐えられない！」

『結菜！』

いつも智輝と一緒に戦っていたから。

守っているようで守られていたのだ。

随分前に、結菜はそれに気付いていた。だから何があっても、智輝を信じてついていくと決めたのだ。それなのに……。


誰か、助けて。


ぎゅっと目をつぶった結菜の頬を、暖かい風がくすぐり、馴染みのある人の気配がすぐ近くに出現する。

キン……と澄んだ金属音が響いて、霊盾を圧迫していた攻撃がやんだ。

「下がってくれ、結菜」

静かな青年の声。

目を開けるとそこには、異世界に召喚される際に間違って巻き込んでしまった、友人の樹が立っていた。半身で振り向いた格好の彼は、いつもと違い、眼鏡を掛けていない。

整った顔立ちに、日本人では有り得ない鮮やかな碧の瞳。

あまりに馴染んでいたので見逃してしまいそうだったが、彼は片手にシンプルながらも優美な装飾が施された剣を持っていた。

結菜は押されたように数歩下がる。それを確認した樹は、黒い翅の精霊に向き直った。

床から生じる氷の柱を切り払いながら、彼は黒い翅の精霊に向かって駆け出す。

「イツキ殿、援護する！　拘束鎖《バインド》！」

背後から若い男の声がした。

結菜が振り返ると、紅茶色の髪をしたヨーロッパ貴族風の格好の男性が腕を振ったところだった。

男の腕から紫色の光の鎖が複数伸び、壁や柱に当たって曲がりながら、黒い翅の精霊に辿り着く。

紫色の光の鎖は涼やかな音を立てながら、精霊の手足に巻き付き、その動きを封じた。

「ナイス援護だ、アルス」

鎖の拘束に抗《あらが》う黒い翅の精霊リリスの前に、樹が立って剣を掲げる。

結菜は焦って叫んだ。

「駄目っ、リリスちゃんを殺さないで！」

操られているだけで、本当は優しい精霊なのだ。

そう樹に伝えようとする。

『大丈夫じゃよ、お嬢さん。イッキは精霊を殺したりはせん』

バサバサと羽音がして、傍らにフクロウが舞い降りた。

茶色い羽毛を膨らませてフクロウが、結菜を安心させるように覗き込む。

どういう意味だと疑問に思う結菜の前で、剣を持った樹が低く呟く。

「……歪みに堕とされし精霊よ。あるべき姿を取り戻せ！」

虹色の唐草模様が空間に光の螺旋を描き、樹の剣に吸い込まれる。

樹は七色に輝く剣を、リリスの胸に刺し入れた。

光が精霊の身体に染み込むように広がり、その輪郭が淡い光に包まれる。

漆黒の翅が徐々に透明になり、黒髪から色が抜けていく。やがて精霊は、その本質である澄んだ泉の色を取り戻した。最後に精霊の証である六枚の翅が、白く輝く。

黒一色だった彼女は、元の水属性の精霊リリスとしての姿に戻る。彼女は巫女装束《みこしょうぞく》に似た汚れのない白の衣装をまとい、滝のように透明感のある髪を腰まで伸ばしている。

冴えた美貌に感情が宿った。それは悲しみと後悔の念。

『ああ、私は何ということを……！』

リリスは嘆きの声を上げると、解放されて真っ先に、床に倒れる英司のもとに舞い降りた。動かない彼に手を伸ばす。

その光景を見て結菜も、呪縛《じゅばく》から解き放たれたように息を吐いた。

状況の全てが理解できた訳ではないが、危険が去ったことは彼女にも分かった。精霊武器《スピリットアーム》を送還して、倒れたままの英司へ歩み寄る。樹も英司に近寄った。

うつむいていたリリスが、涙に濡れた顔を上げて樹を見る。

『イツキ様、どうかあなたの力を。勝手な願いだと承知していますが、どうか』

「もとからそのつもりだよ」

何故リリスは敬称を付けて樹を呼ぶのだろう。それに樹も当然のように答えている。

結菜は疑問に思うが、その場の緊張した雰囲気が質問を許さない。

樹は膝を折って屈み込むと、英司の肩口に手を伸ばす。

その瞬間、彼等を中心に虹色の光の円が浮かび上がった。

光はよく見ると植物のつるのように複雑で、有機的な紋様を描いている。

暖かい光が溢れ出した。

すると、青白かった英司の身体に生気が戻る。みるみる内に傷が塞がった。

「……っ」

目を閉じたままの英司が低く呻く。

光の乱舞が収まり、樹が立ち上がって下がると、倒れていた英司が意識を取り戻した。彼は混乱した様子で、周囲をぼんやり見回しながら上体を起こした。

「俺は……いったい……そうだ、智輝は⁉」

英司は操られていた間の記憶があるらしい。

意識がはっきりすると、すぐに状況を理解して智輝の名前を呼んだ。

「英司君、智輝は、世界樹に……」

「結菜、智輝を止めないと。奴は、魔王はまだ智輝を利用するつもりなんだ」

結菜と英司の視線が合う。

まだ終わっていない。

智輝を追って世界樹のもとへ。

そして今度こそ薔薇の魔王と決着をつけるのだ。

†

樹は英司から離れると、自分の手のひらを見つめた。

その一瞬、手指が半透明に透けて見える。

限界が来ているのか。

『イツキや、大丈夫か』

フクロウのアウルが肩に降りて、心配そうに金色の目で樹を見る。

アウルは気付いている。

樹は人の身で精霊の力を使い過ぎた。存在が精霊の側に侵食され、実体を失おうとしているのだ。

『このまま先に進めば、お前は……』

「それでも僕はこの先に行く。たぶん、僕がもう一度この世界に来たのには、意味があるんだ」

広間の奥に世界樹へのゲートが開いている。

大きな光の扉が目の前にある。その向こう側から樹を呼ぶ声がする。

声、というのは間違いか。人間の耳には聞こえないが、樹は「呼ばれている」と感じる。世界樹がこの向こうで待っている。

「それに、阿呆エルフを回収する必要があるし……」

智輝にさらわれてソフィーが世界樹へ行ってしまったということは、フクロウのアウルから説明があった。つくづくあの少女は、トラブルに巻き込まれる性質らしい。

「もしもし……イツキ殿。私も一緒に行っていいのか」

「何を今更」

後ろからおずおずと吸血鬼の青年アルスが問いかけてくる。

樹は振り返って答えた。

「ここまで来てやっぱり帰ります、は普通ないだろ」

「それはそうなのだが、魔物の私は世界樹の空間では異物なのだ。精霊に攻撃されるかも」

そうなのか？　とフクロウを見ると『そうじゃな』と返答があった。

しかし樹は動じない。

「僕が許可を出す。それでいいだろ」

「ううむ。何となく不安だが……」

『イツキが手を出すなと言えば、精霊たちは手を出さんだろうて』

茶色い羽を膨らませてフクロウがほうほうと笑う。

樹たちが話している間、少し離れた場所で英司が結菜と状況を確認していた。彼等は立ち上がって樹に近寄ってくる。

「樹君、と呼んでいいかな。君に感謝と謝罪を」

「必要ない。地球に戻ったらコンビニでアイスでも買っておごってくれ」

「そんなものでいいのか」

「最低、四百円以上だ。そこは譲らない」

英司は樹の答えに目を丸くすると、プッと噴き出した。

「君は変わってるな。前に一般人だって言ってたけど、本当？」

「僕は智輝や結菜や君と違って勇者じゃない」

「……でも樹君、さっきはリリスちゃん相手に凄かったよね。英司君も治したり」

説明して欲しいという眼差しで結菜に見つめられた樹は「面倒くさいな」と思った。

「準備が済んだなら、さっさとゲートに行こう。智輝とソフィーを放っておけない」

「ああ」

思いきりスルーされた結菜は頬を膨らませるが、確かにのんびり話している状況ではない。英司も同意し、樹たちは世界樹へのゲートに向かって歩き出した。

光で構成された扉に足を踏み入れる。

眩しい光に樹たちは少し目を閉じる。

再び目を開けた時には、樹たちは霧に覆われた森に立っていた。

「ここが……」

周囲に立ち並ぶ木々は一本一本が太く巨大だ。苔むした幹は、古くからここに立っているという厳かな雰囲気がある。木々からは肌に染み入るような霊気が放出されているが、心なしか植物に元気がない。まとわりついてくる白い霧のせいか。

霧と湿気を帯びた不快な空気に樹は身震いした。

アルスが樹の側まで歩いてきて言う。

「イツキ殿、初めて私たちが会った森を覚えているか?」

「そういえば……」

吸血鬼の青年と出会ったのは、こんな霧が出ている森だったか。

あの時、アルスは魔王の正体を調べに来たと言っていた。

「薔薇の魔王がこの霧を発生させている。俺を取り込んだのも、水属性だと都合がいいからだと言っていた」

英司が険《けわ》しい表情で呟く。

樹は霧に覆われた森を見回した。記憶にある森は、陽光が射し込む明るい場所だったはずだ。空が見えないほど霧が立ち込めてしまっている。ここはどこだ？

『ここからはわしが案内しよう』

フクロウのアウルが肩から飛び上がり、樹の上空を飛ぶ。

『イツキや。大切な場所を守れなかったわしらを、精霊たちを許してくれ。最後はお前に頼るしかない、わしらを』

アウルはそう言ってゆっくりとした速度で案内を始める。

樹はその後を追って歩き始めた。他の面々も戸惑いながら後に続く。

「アウルはこうなっていると、知っていたのか」

『明るかった世界樹の周りに得体の知れない霧が漂い、木々が次々に枯れ、常緑《じょうりょく》のはずの世界樹の葉が黄ばみ始めた。わしは異変を探るため世界樹を離れ、人間界へ向かったが、その後にゲートが閉じて世界樹に戻れなくなったのだ』

『……アウル老が外に出られた後、私は樹木に寄生した黒い何かを見つけました。私はそれを切り取ればよいと思い、氷の刃で攻撃しましたが、逆に黒い糸に絡め取られてしまったのです。契約精霊と契約者は深く繋がっているので、英司は私の影響を受けてしまいました。後はご存知の通り……』

フクロウの説明に、水の精霊リリスが神妙な様子で補足する。

「魔王の本体はこの近くにいるのか？」

『おそらくは。しかし、これだけ広いと探すことが難しく』

「リーガル、探せない？」

会話を聞いていた結菜が、隣に浮遊している己の契約精霊、風の精霊リーガルに聞く。四枚の翅を持つ少年の姿をした精霊は、困った顔をした。

『確かに僕の能力を使えば探索できるけど、相手が格上だとうまくいかない。僕は中位精霊だから自信が無いなあ』

その言葉にふと思い当たることがあった樹だが、目的地が見えたので、思考を切り上げる。霧が晴れた先に巨大な緑の壁が見えた。足元に大きな黄色い葉が何枚も落ちている。

壁は世界樹の幹だ。

緑の壁の前には、蔦に絡め取られて吊るされたソフィーと、精霊武器《スピリットアーム》の槍を手に持った智輝の姿があった。

02　運命に導かれて

時間は少し遡《さかのぼ》る。

ソフィーは黒髪の童顔の少年に腕を引かれて、一緒に光の扉に飛び込んだ。少年は以前、共に旅をしたことがある、異世界から来た勇者の智輝だった。

何故彼がソフィーを引っ張ってきたのか、彼と何を話せばいいのか分からず、ソフィーは混乱する。

光の扉の向こうは霧深い森だった。

肌寒さに腕をさすって、ソフィーは肌の色が元に戻っていることに気付く。吸血鬼の青年が掛けてくれた、ダークエルフに偽装する魔法は時間切れらしい。

しかし、樹と魔王城の地下を目指したのは、世界樹に行くためだ。ゲートをくぐったここは魔界ではなく、立ち並ぶ木々から世界樹の近くだと推測できる。世界樹は精霊たちの守る場所だから、ダークエルフの姿だと怪しまれたかもしれない。結果的にこのタイミングで元の姿に戻ったのは良かったと言える。

智輝と英司の死闘を目撃したソフィーだが、だからといって智輝が敵だとは思えなかった。

一時的とはいえ、彼は旅の仲間だったのだ。

警戒する気持ちよりも、「どうしたんだろう」という心配の方が大きかった。

だから無言で霧の森を歩き出した彼を追って、ソフィーも歩き出した。

「あ……あの、トモキさん？」

返事はなかった。早足で歩く智輝と段々、距離が開いていく。

もう腕は引かれていなかったが、一人でいるのも心細いソフィーは小走りで智輝の後を追った。

しばらくして、智輝から沈んだ返答があった。

「……ごめん」

それは謝罪の言葉だった。

ソフィーは首を傾げる。

「ええと、何故トモキさんは私をここに連れて来たのですか？」

「お前は樹と一緒に来たんだろ。お前を引っ張ってくれれば、樹と話ができるかもと思って」

智輝はぼそぼそと説明する。

「イツキとお話がしたいんですか？」

「ああ」

少年は浮かない顔で立ち止まった。

「……あいつは、こういう情けない俺でも、何か話を聞いてくれる気がする」

「イツキは優しいですからね」

「あいつは良い奴だよ」

智輝は片頬を歪ませて苦笑した。

「高校に上がって、樹と会った時、俺はこんな奴もいるんだと思った。今まで、いじめられてたなんて告白したら気持ち悪い奴としか思われなかった。皆、俺が弱いから駄目なんだと言った。だけど、あいつは……」


——それが今の君と関係あるのか？


彼は態度を変えなかった。

智輝の話を聞いて軽蔑したり、逆に同情したりもせずに泰然《たいぜん》としていた。ただ何も言わずに話を聞くだけだった。翌日以降も、彼は智輝との距離を変えることは無かった。

初めは冷血な奴かとも思ったが、日々を重ねると違うと分かった。彼は今の智輝を見て判断しているだけなのだ。きっと智輝が手を伸ばせば自然に応えてくれる。

その関係が心地よいと気付いたのはいつだっただろう。

彼のような人間もいるのだと知ってから智輝の世界は広がった。

ぎこちなかった結菜との仲も樹を挟むことでスムーズになった。

「樹と話したい。あいつは、今の俺を見て何て言うんだろう。馬鹿だって、やっぱ軽蔑されちまうかな……」

「怒られるかもしれませんね。でもイッキはトモキさんから逃げないと思います。だから、トモキさんも、イッキから逃げちゃ駄目です」

柔らかな声で諭されて智輝は顔を上げる。

エルフの少女は、無理やりここに連れて来た智輝を責めていなかった。ただ心配そうに彼を見る。その純粋な視線に、智輝は頭が冷えるようだった。

「俺は……危険な場所にお前を連れて来ちまった。やっぱり樹に軽蔑されるな」

『その通り』

予想外の方向から答えが返ってくる。

それは薔薇の魔王の声だった。

智輝は霧に満ちた森を見回すが、声の主は見えない。

「くそっ、どこにいる⁉」

『ふははは……君は本当に綺麗に踊ってくれる。まだ英司の方が扱いづらかったほどだ』

「何だと⁉」

『君に連れて来てもらってから、私はここで密かに根をはって力を蓄《たくわ》えた。世界樹の力を吸おうとしたが、結界に阻まれてうまくいかなかった。だから水の勇者を取り込んだのだが、抵抗が激しくてね。近くに置いておくのは危険だから、人間界で生命力を集めさせることにしたのさ。まあ、君をここに連れて来ることに成功したのだから、英司も役に立った訳だが』

遠くにいるのか、それとも近くにいるのか。どこにいるのか分からない魔王の声が森の中に木霊《こだま》する。

正体の見えない相手に智輝は歯噛みした。

念のため契約精霊の火霊ルージュを喚び出して、精霊武器《スピリットアーム》の槍を構える。ルージュは悲しそうな顔で智輝を見たが、力を貸してくれた。

「……きゃあああっ！」

「ソフィー⁉」

どこからか伸びた蔦がソフィーを絡め取り、上空へ持ち上げる。

霧がほんの少し晴れて周囲の景色が確認できた。

智輝たちは今、巨大な緑の壁の前に立っている。

壁……否、世界樹の幹だ。あまりにも世界樹が大きすぎて、全容が見渡せずに、カーブした緑の壁のように見えるのだ。笑みを含んだ魔王の声が、智輝に命じる。

『炎の勇者よ。この少女の命が惜しければ、その槍を世界樹に突き立てるのだ』

「！」

「……だめっ、そんなことをしたら、イツキが……あうっ」

ソフィーが樹の名前を叫んだが、余計なことを言うなとばかりに蔦が少女の喉を絞め上げる。

みるみる内に彼女の顔が苦痛に歪んでいく。見ていられない。

「くそっ！」

間違ったことをしている。けれど智輝には他に方法が思いつかない。

彼は炎の槍を世界樹の幹へと突き入れる。

それはちょうど、追ってきた樹たちが駆け付ける直前。

『はははははっ！』

魔王の哄笑《こうしょう》が響き渡る。

崩壊が、始まった。

†

樹が辿り着いた時には既に手遅れだった。

炎の槍は世界樹に突き立てられた。

ガラスの割れるような音がして、世界樹を守る最後の結界が砕け散る。

巨大な世界樹に槍はさしてダメージを与えることは無い。しかし、結界の崩壊は魔王の侵入が叶うことを意味する。深緑《しんりょく》の壁に黒い亀裂《きれつ》が走り、地鳴りが始まった。

「くっ」

胸を押さえて膝を折る樹。

彼には世界樹の痛みが伝わっている。

「イツキ殿！」

『イツキ！』

樹の正体を知る吸血鬼の青年アルスは顔色を変え、フクロウは慌てて樹のもとに舞い降りる。

『イツキや、世界樹との繋がりを断つんじゃ！　このままではお前も巻き込まれてしまう！』

「だけど、僕がいなきゃ世界樹は」

『もう充分じゃよ、イツキ！　お前はよくやってくれた。世界樹は、もう寿命だったんじゃよ。この流れは止められぬ……』

「寿命？」

地震が起きたように地面が揺れる。

青々としていた幹はくすんだ茶色に変わり、黄ばんだ葉が上空から雨のように降って来る。見上げると、世界樹の梢は血のような赤に変わっていた。

紅葉しているのだ。

黄色と赤の葉が入り混じって交互に舞い落ちる。見ている間に地面が黄色と赤に染まった。その光景を前に、樹は身体が軽くなったのを感じた。樹を巻き込むのを避けるためか、世界樹の方からリンクを断ったのだ。

喪失感が樹の胸に訪れた。

自分が知らなかっただけで、精霊としての自分はずっと魂の中で眠り、異世界の世界樹と繋がっていた。当然のようにそこにあったものを失ってしまった。まるで手足を断たれたような、空虚な痛みが樹を苛《さいな》んだ。

『はははははっ！　我は世界樹に成り代わり、暗黒樹となって世界を染め変えるのだ！　薔薇の魔王などという名前はもう似合わんな。我こそ腐蝕《ふしょく》の王、暗黒樹なり！』

悦《えつ》に入っているらしい魔王の笑い声が、雷のように轟《とどろ》く。

強い地震に立っていられなくなって、勇者たちは必死に周囲の地面や木にしがみついている。唐突に地面が裂け、まるで宇宙に落ちていくような深い暗黒の穴が現れた。

地割れはあちこちに走り、木々が粉々に裂けて奈落の淵に落ちていった。

「一旦脱出するぞ！　結菜……智輝！」

混乱する勇者たちの中で一人、状況を冷静に把握している英司が叫ぶ。

彼は呆然とした智輝に近寄ると、拳を固めて、智輝を殴った。

「っつ！」

「ぼうっとするな！　今はここから離れるんだ！」

英司は振り向いて樹とアルスの様子を確認する。

「樹君、アルスさん、早く！」

「……僕は行かない」

「イツキ殿？」

樹は立ち上がるとアルスの胸を、トンと押した。

「あそこに倒れているソフィーを連れて、お前は英司たちと撤退するんだ」

ソフィーは蔦の拘束を解かれて、智輝の側に倒れている。

上下する胸の動きから、彼女は気を失っているだけだと分かる。

アルスは彼女と樹を交互に見た。

「イツキ殿はどうするのだ？」

「僕には行くところがある。大丈夫、用事が終わったら僕もすぐに脱出するから」

吸血鬼の青年は紫水晶の瞳で樹を探るように見た。

「……その言葉、信じるぞ。イツキ殿、必ずまた会おう」

「ああ」

樹が頷き返すと、アルスは揺れる地面の上を器用に走って英司たちと合流する。彼がソフィーを抱き上げたのを確認すると、樹は彼等にくるりと背を向けて、世界樹の幹に沿って歩き出した。

フクロウのアウルが低空を飛んで樹に付き従う。

『どこへ行くんじゃ』

「世界樹の中心へ」

『中心……じゃと？』

「ああ、アウルも知らないのか。ふふ、僕だけが知っていることもあるなんて、何だか気分がいいな」

『イツキ……』

「大丈夫、確認するだけだ。世界樹が本当に……枯れてしまったのか」

樹の声は僅かに震えた。

こんなに呆気なく世界樹が枯れてしまうなんて、にわかには信じがたい話だった。たかが成り上がりの魔王に侵入されたくらいで、世界を支える大樹が力を失うなど、本来は有り得ない話だ。

「この辺りに……」

揺れる地面に足を取られながらも、樹は世界樹の幹に沿って歩き、大きなうろを見つける。世界樹の根元に膨らみがあり、樹の中に入るための穴が空いていた。

『こんなところが……』

「世界樹の中は、実は空洞になってるんだよ」

そう言って樹は穴の中に足を進める。

記憶では、空洞の中は光が射し込む、苔むした部屋になっていたはずだ。

穴の中はまだ澄んだ霊気が残っている。

その空気を吸い込みながら歩いていた樹だが、向かう先には闇が広がっていた。

「うわっ！」

『イツキ！』

前の見えない暗闇の中、足元の地面が急に無くなる。

金色の瞳を光らせたフクロウが慌てふためく。フクロウは樹をその足で捕まえようとするが、人間の重量を支えられるほど大きな翼を持っていない。

一人と一羽は為すすべなく宙を落ちる。

落下の衝撃で樹の意識は飛んだ。

03　勇者たちの決断

智輝は去っていく樹の背中を呆然として見送る。

槍を世界樹に刺した時、樹は何故か苦しそうな様子を見せた。その直後から魔王の笑い声が響き渡り、大地が揺れて地割れが起きて、英司が撤退を叫んだ。しかし樹は一人、別の方向に歩き出していた。

樹から離れてこちらにやって来た、ヨーロッパ貴族風の服を着た紅茶色の髪の青年が、エルフの少女を背負いあげる。彼は英司と短い会話を交わした。

「樹君は？」

「行く場所があると。私たちに先に行けと言っていた」

結菜が「え？」と戸惑った様子で去っていく樹を見る。

「そんな、一人で無茶だよ！」

「大丈夫だ。イツキ殿は精霊たちが守るはず。精霊たちがイツキ殿を死なせるはずがない……」

アルスというらしい美貌の青年は、憂い顔で呟く。

智輝には彼の言葉の意味が分からなかった。

事情を知らない英司も顔をしかめたが、彼の決断は早かった。

「……脱出しよう」

「英司!?」

「樹君はたぶん、本人が言う通りの一般人という訳ではなさそうだ。何か事情があるんだろう。そうだな、アルスさん？」

「ああ。イッキ殿はこの場所と縁が深い……とだけ今は答えておく。詳しくは後で本人に聞けばいい」

英司は頷いて結菜と智輝を促す。

揺れる大地を蹴って智輝たちは走り出した。

勇者たちにとっては滅多にない、完全敗北による撤退だった。


光の扉から世界樹の空間の外に出る。そこは元いた魔王城の地下ダンジョン、大広間だった。

智輝たちはしばらく言葉もなく、冷たい黒い床にへたり込んだ。

「……これからどうする?」

口火を切ったのは英司だった。無言のまま動かない面々を見回す。

「樹君が戻って来るのを待って、解散して地球に逃げ帰ろうか」

「英司君、そういう言い方……」

「事実だろう。俺たちは散々魔王に利用されたあげく、世界を救うどころか、世界を滅ぼすのに協力してしまったんだ。あの魔王、世界樹の力をのっとって、どうせろくでもないことをやり出すぞ」

結菜は返す言葉を見つけられず、戸惑いながら智輝を見つめた。

こんな時に真っ先に立ち上がって戦おうと言うのは、智輝なのだが。

しかし、智輝は意気消沈した顔で呟いた。

「……それもいいかもな」

「智輝！」

「俺は何か、やればやるほど空回りでさ。結局変わってないんだと思ったよ。もう俺が何かするより帰った方がましかも……」

重い沈黙が大広間に落ちる。

その時、黙ったまま勇者たちの会話を聞いていたアルスの隣の床で、ソフィーが目覚めた。彼女は起き上がって辺りを見回す。

「あれ？　ここどこ……イツキは？」

ソフィーの言葉に、智輝の肩がびくりと跳ねる。

彼女の疑問にはアルスが答えた。

「ソフィー殿。イツキ殿は世界樹のもとに残った」

「え、何それ⁉　私も行く！　だって一緒に行くってイツキと約束したもん！」

彼女は立ち上がって光の扉を見つめる。

当然ながら智輝たちは彼女を止めようとする。

「あのなソフィー、今、世界樹は危険な場所で」

「ソフィーちゃん、ここで私たちと待とう」

「嫌です！」

制止の声を聞かずにソフィーは断言する。

「私、イツキのところへ行きます！　イツキの側の方が安心できるもん！」

プッとアルスは噴き出して苦笑いを浮かべた。

正直過ぎるエルフの少女の言葉に、同感できるところがあったからだ。

確かに樹には絶対的な安心感があった。あの青年の隣にいれば、不思議と何も怖くないと感じる。

世界樹の精霊の力だけでなく、本人の性格もあるのだろう。

ソフィーは軽やかな足取りで光の扉に飛び込む。

智輝たちは止めようとしたが、アルスがそれを遮った。

「行かせてやれ」

「アルスさん⁉」

「今、イツキ殿の側に行けるのは、エルフのソフィー殿だけかもしれん」

エルフは精霊に近い種族だ。ソフィーなら、精霊たちの加護のもと、樹の近くまで辿り着けるかもしれない。アルスも同行したいと思ったが、魔物である彼と一緒だと精霊の加護を得られない可能性があると考え、断念した。

アルスは光の扉をくぐるソフィーを見送った。

「さて……勇者殿はどうする？」

「どうするって……」

アルスは床にうずくまる少年少女たちを見下ろした。

「ここでじっと待つか、それとも逃げ帰るか」

「てめっ」

挑発めいた問いかけに智輝が声を荒らげる。そんな智輝を、結菜が心配そうに見ていた。

英司は何か考え込むような表情で黙っている。

彼等にアルスは語りかけた。

「私は魔王をどうにかする手段を考えて、何か手を打ちたいと考えている。おそらく向こうに残ったイツキ殿も同じことをしていると思うからだ。私はイツキ殿を助けたい」

「！」

智輝の顔がこわばった。

一方の英司は穏やかな声でアルスに言った。

「……樹君はそうする、とアルスさんは考えているんだね」

「私の知るイツキ殿ならば。彼は大人しいように見えて行動的な性格だ」

「あいつは勇者じゃねえだろ！」

「そうだ。しかしイツキ殿は勇気を持っている。戦う理由もある」

「理由？」

「後でイツキ殿に聞け。合わせる顔があるならな」

アルスは勇者たちに最後の確認をする。

「このまま待ってもイツキ殿は来ない可能性が高い、と私は思う。だから私は、私にできることをする。君たちはどうする？　逃げるか、それとも……」

戦うのか。

04　希望の種子

少しの間、気を失っていたらしい。

高い所から落ちて打った身体の節々が痛かった。

「痛《い》てて…」

樹は目を開けて身を起こす。

そこは、記憶にある世界樹の中心とは違う場所だった。

「アウル？」

フクロウの姿が近くにない。

見回すとその部屋は球体の形をしていた。壁は青白く光る根によって構成されている。結構大きな部屋だ。少なくとも立ち上がって頭をぶつけない程度には。立ち上がって見上げると、部屋に天井は無く、遠く空に続いていた。ここは世界樹の中の空洞で、間違いないようだ。

部屋の中央に台座があって、空中に虹色の光の泡が浮かんでいる。

よく見るとそれは凸凹《でこぼこ》した殻に覆われた植物の種子だった。

虹色の光を放つ種子は空中に浮かび、ゆっくりと回転している。

『ようこそ、イツキ様。あなたをお待ちしていました』

鈴の音のような声がして、部屋の中央に拳大の白い生き物が出現した。

タツノオトシゴを思わせる姿をした爬虫類と魚類の中間の生き物は、レースやフリルに似た波打つ半透明な白い翼を広げて、空中を軽《かろ》やかに漂っている。

それは小さな白竜《はくりゅう》だった。

「君は……」

『私の名前はヨナ、世界樹を住処とする古竜です。イツキ様にお願いがあります』

「願い？」

『あれなる種子は、次代の世界樹の種』

「世界樹の種だって⁉」

白竜ヨナが示す先には部屋の中央に浮かぶ、虹色の光を放つ種子がある。

『全ての命がそうであるように、世界樹も有限の命を持ち、次代に命を繋ぐ生き物なのです。今、世界樹は腐蝕の魔の影響により力尽きようとしています。既に寿命だった世界樹は……』

「寿命？」

樹はどうしても気になって竜の話を遮った。

記憶の中の世界樹は青々と葉を繁らせて元気そうだったのだ。いきなり寿命と言われてもピンと来ない。

『世界樹はとうの昔に寿命を迎えていたのです。世界樹の精霊を失った遥か昔に』

「え……じゃあ僕は」

どういう意味だと樹は眉をひそめる。

樹は確かに世界樹と繋がっていた。世界樹の精霊とは自分自身のことだと思っていたのだ。

『本当の、唯一無二の世界樹の精霊は、とうの昔に死んでしまったのです。世界樹は現状維持と次代の種子のために、異世界から人間の幼子の純粋無垢《むく》な魂を呼んで、代わりとしていました』

代わり。

それでは自分はただの代替品だったということか。

何となくがっかりして樹は息を吐いた。異世界に来て自分は特別な存在だと自惚《うぬぼ》れていたからかもしれない。

しかし、白竜の次の言葉に顔を上げる。

『特別かどうかは、その者のステータスではなく、行動によって決まるものです。イツキ様、あなたはここに来た』

樹の心の中を読んでいるとしか思えない台詞だ。白竜は樹の前までふわりと飛んで来ると、小さな青い瞳で樹を見上げた。

『異世界から幼子の魂を召喚し続けたのは、次代の世界樹の唯一無二となる精霊を選ぶため。イツキ様、あなたは本当は次の世界樹の精霊候補なのです』

「こ、候補って」

『あの種子がこの世界に根を張り、親の世界樹の枯れた身体を養分として大きく成長するには、分身であり媒介である精霊が必要。イツキ様、あなたにお願いしたいことは、あの種をこの世界に植えることです』

白竜に促されて、樹は部屋の中央に浮かぶ種子に近寄る。

『種を植えれば、あなたは次代の世界樹の精霊となる。これまでの中途半端な状態ではなく、完全に人間ではなくなってしまうのです』

「！」

『精霊として、精神生命体として、肉ある身体を失い、世界樹の意志そのものとなる。この世界の一部になり、永遠にこの世界から離れられなくなる。そう……イツキ様、この種子を選べばあなたはもう二度と地球には戻れない。世界樹と共に悠久《ゆうきゅう》の時を生きることになるのです』

突きつけられた選択肢に、樹は顔をこわばらせた。

その危険があることは知っていた。アウルから何度も忠告されていたではないか。しかし、実際に白竜ヨナの口から告げられて、樹はその重さをやっと知った。

人間でないモノになる恐怖。

家族や友人と引き離されて独りで生きていく孤独。

精霊の寿命が長いのは知っている。世界樹の精霊ともなれば、百年や二百年よりもっと長い時間を生きるのかもしれない。そんなにも長い間生きる自分は想像できない。

樹は種から一歩、後ずさった。

『……良いのです、この種を選ばなくとも。この胎室《たいしつ》はとても強い守護の力を持っています。腐蝕の魔がこの胎室に侵入することは不可能。イツキ様が選ばなくても、誰か相応しい魂を持つ人間が訪れるのを、数百年でも数千年でも待ち続けます』

白竜ヨナの声は優しい。

これはあくまでも「お願い」だと言い、選択に怯える樹を許してくれる。

樹は白竜と、種子を見比べた。

「僕が選ばなければ……次の候補が来るのが遅かったら、どうなるんだ？」

『どう、とは』

「世界樹が無くなったら世界はどうなるんだ」

外の状況と、今の白竜から得た情報を突き合わせれば、答えは想像がつく。

それでも逃げ道を探して、樹は疑問を投げかける。

『世界樹無き世界は荒れるでしょう。大地から生命の力は失われ、精霊は死に、腐蝕の魔が命ある者たちを食らいつくすかもしれません。しかしイツキ様、それがあなたに関係ありますか？』

「……」

『イツキ様、あなたが責任を負うことは無いのです。それにあなたの生まれた異界には、何の影響も無い。元いた世界に戻れば、この世界のことは忘れるでしょう。異世界の出来事は夢。泡沫《うたかた》の幻なのだから』

きっとヨナの言う通りだろう。

偶然この世界に来るまで、世界樹のことはすっかり忘れてしまっていたのだ。

ここで背を向けて元いた世界に帰ったとしても、異世界の破滅なんて樹には本来関係ないことだ。元いた世界に帰れば、日常生活が戻って来る。変わらない日常の中で、自分は時折、空虚な物思いに捕らわれるかもしれないが、それはすぐに霧散《むさん》するだろう。

夢は幻。

朝起きてすぐは覚えていたとしても、時間と共に記憶は薄れて消えてしまう。異世界の記憶も同じ。過ぎ去ってしまえば、それは泡沫の夢。

泡のように儚くても、軽々しく捨てたい記憶ではない。

ひとときの夢として終わってしまう短さでも、自分にとっては長い時間。

大切な記憶。

「……そんなのは、嫌だ」

「もう、忘れてしまいたくないんだ」

樹は顔を上げる。

元の暮らしを失うことに怯える気持ちはまだある。だが、ここで種子を植えない道を選べば、何も失わずにいられるのか？

否。

選択肢は常に平等で、何も失わない選択など本当は無いのだ。種子を植えない道を選んだとしても、樹は別のものを失うだろう。記憶だけでなく、それは目に見えない、かたちに残らない、何か。

色褪《あ》せた日常を繰り返して、本当に大事なものをいつの間にか失ってしまって、当たり前の大人になってしまうこと。それが樹にとっての、もうひとつの恐怖だ。かたちあるものを失うか、かたちないものを失うか。これはそういう選択なのだ。

どうせ失うならば、自分に恥じない選択肢を選びたい。

樹は前に踏み出し、虹色の光を放つ種に手を伸ばす。

指先が種子に微かに触れた。

「っつ！」

熱い霊気が指先から全身を通り抜けた。

思わず膝をつく。

崩れ落ちた樹の前で、種子がパキリと音を立てて割れた。

虹色の光が大きくなり、殻を割って緑の双葉が顔を出す。

空中に光の根が走って、双葉は天井に向かって伸びていく。

芽の成長と共に、樹は世界樹と繋がる独特の感覚を覚えていた。新たな世界樹から膨大な霊力が流れ込んでくる。人であるちっぽけな樹には、処理しきれない量の霊力だ。

巨大な世界樹の霊力の流れに樹の意識は呑み込まれそうになる。

流れに翻弄《ほんろう》される中で樹は無意識に悲鳴を上げた。


覚悟ができたなんて嘘だ。

死にたくない！

瀬戸際《せとぎわ》になってようやく気付く。

世界樹の精霊になるということは、各務樹《かがみいつき》という人間の死を意味する。新しい世界樹の霊力に押しつぶされて人格や感情が消え、世界の生命の循環を司る、ただの機械《システム》になる。

徐々に薄くなる視界の中で、樹は死を受け入れられない、諦めの悪い自分に絶望していた。だがもうどうすることもできない。賽《さい》は投げられた。

今更、新しい世界樹とのリンクを断つことはできない。

身動きできずにただ終わりの時を待つしかないのだ。

このまま世界樹の一部に……。


「……うきゃあああああっ、イツキ～～！」


天井には空まで突き抜けた穴が空いているのだが、その穴を通って世界樹の芽をかすめ、誰かが落ちて来る。

金髪のエルフの少女は、うずくまっていた樹の真上に落下した。

「ぐえっ」

「イツキ、イツキ、どこーっ⁉」

場違いな黄色い声を上げて騒ぐエルフの少女。

彼女に乗っかられた樹は衝撃に呻いた。

「……ソフィー、重いよ」

「ええ⁉」

ひとしきり騒いだソフィーは、ようやく自分が樹の上にいることに気付く。

顔を真っ赤にして彼女は「うわわわ」と慌てながら樹から降りた。

「まったく、何でソフィーがここに」

『すまんイッキや。わしが連れて来た』

「アウル！」

身を起こした樹の前にフクロウが舞い降りる。

樹は思わず腕を伸ばしてフクロウを引き寄せた。

先ほどまでの白竜ヨナとの緊張感溢れる会話や、世界樹の種子に触ってからの我が身を失う恐怖で、さしもの樹も参っていたのだ。

天の助けとばかり、モコモコの羽毛のフクロウを抱え込んで撫でまくる。

「ああ、死ぬかと思った……！」

『ふおおお⁉』

かつてないスキンシップの濃さにフクロウは困惑している。

ひとしきりフクロウの羽毛を愛でた樹は、ハッと我に返った。

「あれ？　僕は精霊になるんじゃ……？」

部屋の中央に視線を戻すと、世界樹の種子から伸びた芽は順調にすくすく育っている。しかし、ここまで樹を苦しめた霊力の重圧はもう無い。

首を傾げていると、白竜が目の前の空中に飛んできて言った。

『イツキ様。あなたに言い忘れたことがありました』

「何？」

『次代の世界樹の精霊のありようは、イツキ様、あなたの意志が決めるのです。あなたが肉体を失うと思えば肉体を失い、人間でいたいと願うなら人間の姿でいられる』

「ちょ、ちょっと待て。何でそんな重要なことを言い忘れるんだ⁉」

『世界樹の精霊となったあなたに、あちこち自由に飛び回られると厄介なので。できれば世界樹の近くを離れずに世界樹を守って欲しかった』

「あなたの都合ですか！」

恐ろしい。

うっかりヨナの策にはまって、人間の身体を失うところだった。上からソフィーが降って来て気を散らさなければ、世界樹に呑まれていただろう。

平静を取り戻した樹は深呼吸して、自分の感覚を確かめた。

新たな世界樹と繋がっている感覚がある。

大河のような霊力が流れてきているが、今の樹は怯えずにその流れを受け止めることができる。もう大丈夫だ。

肩の力を抜いて精霊の力を解放する。

世界樹の種子を取り巻くものと同じ、虹色の光の粒が集まって、樹の背中に翅のかたちを描き出した。最高位の精霊である証の、八枚の光の翅。

「あ……空が明るくなった」

ソフィーの声に見上げると、丸い部屋の天井から眩しい光が射し込んでくる。

樹は碧眼を細めた。

精霊の力を使って外の状況を把握する。

近くに見知った友人たちの気配を感じた。

「智輝、結菜……？」

『勇者たちが世界樹を取り巻く霧を払ったようですね』

白竜ヨナが、新しい世界樹の芽の近くをすっと舞うように飛んだ。

『この光があれば、新しい世界樹が大きく成長することができる。イツキ様、あなたは良い友達を持っていますね』

「ヨナ……？」

『世界樹は孤独の中には立つことができない。世界樹が成長するには他者の助けが必要なのです。友が、仲間が、あなたを支えてくれる。あなたが宿る世界樹には多種多様な種族が集い、豊かな実りが約束されるでしょう。私はあなたが描く未来を楽しみにしています』

成長を続ける新たな世界樹の梢の上で、白竜の姿は世界樹に溶けるように消えた。

部屋がギシギシときしむ。

急速に成長する新しい世界樹が、部屋の壁や床を突き破ろうとしているのだ。

「ソフィー、ここから出て智輝たちと合流するぞ」

「ふえっ、まだお尻が痛いですぅ」

涙目で訴えるソフィーの腕を掴み、樹は部屋の床を蹴る。

光の翅を震わせて、一気に上昇して部屋の天井を越えた。フクロウも自前の翼を羽ばたかせて樹を追って飛び上がる。

樹たちはトンネルのような空洞を通り抜けて空へ脱出した。

「世界樹が……！」

樹に腕を引かれて空中に浮かぶソフィーは、空から地上を見下ろして息を呑んだ。

茶色く枯れて黄色や赤の葉を散らせていた世界樹の巨大な梢が、内側から生じる緑によって塗り替えられようとしている。新たな世界樹が親の世界樹を呑み込んで成長しているのだ。

何も知らない者が見れば、世界樹が復活したと思うかもしれない。

しかし、実態は違う。

世界樹は一度死に、新たな姿に生まれ変わったのだ。

05　反撃開始

世界樹の周囲を覆っている霧を吹き飛ばしてはどうかと提案したのは、アルスだった。彼は同じ魔物でも薔薇の魔王とは種類が違い、仲が悪いらしい。薔薇の魔王について調べる中で、霧が重要な因子《いんし》だと気付いたのだ。

「あの霧を吹き飛ばすことができれば、奴の力を削ぐことができるかもしれない」

「そうだな、可能性はある。それができるのは炎の勇者である智輝と、風の勇者である結菜だけだ」

「……」

アルスの提案に英司が同意する。

彼は沈んだ表情でうつむく智輝と、悲しそうな顔の結菜を窺うように見る。

自分の話題になった智輝は重い口を開いた。

「……英司は怖くないのかよ」

目的語が省かれているが、英司には通じている。

英司は答えた。

「失敗するのは怖い。また魔王の奴の策にはまって、皆に迷惑をかけたらと思うと、足がすくむよ」

「なら……」

「けどな、智輝。それでも、やるしかないんだ。そうしないと、僕らは前に進めない。失敗しようと、馬鹿なことをやろうとさ。失敗が怖くて閉じこもって家から出ないとか、できないだろ。結局引きこもったら家族に迷惑掛けるだけだし。智輝は引きこもりたいのか？」

「……」

「智輝、俺は君を軽蔑なんかしてない」

その言葉に智輝はハッとして顔を上げた。

「俺も君と同じだ。色んな人に迷惑を掛けた。また失敗するかもしれないけど、その時は二人で結菜に怒られようぜ」

「英司……」

結菜が我慢できなかったのか泣き笑いしながら、智輝と英司の間に割り込んで、二人の腕を引っ張った。

「やろうよ！　智輝！」

曇り空の雲が割れて光が射し込むように、智輝の張りつめていた頬が緩み、その瞳に強い意志が宿る。彼は、英司と目を合わせて頷き返した。


世界樹の空間に引き返した智輝たちは、精霊演武《スピリットダンス》で霧を吹き飛ばす準備を整えた。

中心となるのは結菜の風。

風に炎を加えて熱風とするのは智輝の役目だ。温度差による気流を発生させるために、英司が霧を冷却する。アルスは魔王城の地下のゲートを排出口にして霧を出すために、ゲートを魔法で開いたままにした。

「天空の門を開き、清き風の流れを導け！」

「炎よ踊れ！」

精霊演武の中級第四種、鼓舞を使って、結菜と智輝は自身の精霊武器《スピリットアーム》に力を上乗せする。二人は霧に向かって勢いよく精霊武器を振り下ろした。

英司が予《あらかじ》め冷気で整えておいた道に沿って強風が吹く。

霧は風に乗って、アルスが調整した光の扉に吸い込まれていった。

「やった！」

白い霧が消えた。

今までぼんやりして見えなかった、黒い糸が張り巡らされて枯れた木々の姿が明らかになった。

木々の梢の先には青い空が広がる。

そして、空を貫く大樹、世界樹がそびえ立っている。

世界樹の葉は黄色や赤に染まり、巨大な樹は黒い魔物に侵されて枯れかけていた。

「霧は吹き飛ばせたけど……」

結菜は自身の精霊武器である白い杖を握りながら困惑する。

ここから先については考えていなかった。

『ふ……無駄なことを』

どこからか不気味な声がする。

薔薇の魔王、改め、腐蝕の王を自称する魔物の声だ。

「どこだ、どこにいるんだよっ!?」

見回す智輝たちの前で地響きと共に異変が起こった。

森の木々に生えた黒い塊が糸を伝って集まり、ひとつになる。

同時に枯れた木々が横倒しになり、黒い塊を核に集まり、より合わさって巨大な生き物の身体を構成した。ギシギシザワザワと耳障りな音と共に、魔物が姿を現す。

『霧が無くなっても、今の私には何の影響もない』

それは山のように大きな蜥蜴《とかげ》だった。

木々を束ねた手足や胴体から黒い糸があちこちに伸びている。糸を通じて大地の力を吸っているらしい。腐蝕の王は蜥蜴の頭をもたげて、高みから智輝たちを見下ろす。

その異様な風体《ふうてぃ》と巨大さに、智輝たちは無意識に後ずさった。

『何をしに来た？　もうお前たちの出番は終わっただろう』

「薔薇の魔王！　お前を倒しに来たんだよっ」

『ははっ、倒しに？　笑わせてくれる。お前たちは、勇者とおだてられて神にいいように使われる、ただの人間だ。お前たちの記憶は見たぞ。世界どころか、己の身の回りのものさえ自由にできない、弱くて愚かな子供じゃないか』

腐蝕の王の言葉に智輝たちは言い返せない。

地球ではただの学生。

この世界では勇者だと言っても、それは神や精霊に与えられた借り物の力。智輝たち自身は武芸の達人でも何でもないのだ。

『よくもまあ危機感もなく私のもとへ来られたものだ。限りなく愚かなお前たちだが、せっかくだから有効利用してやろう。光栄に思うがいい』

黒い糸が智輝たちに向かって放たれる。

智輝たちはそれぞれ精霊武器《スピリットアーム》を振るって糸を切るが、数が多い。

「くそっ！　このままじゃまた……」

捕らわれて操られる。そして失敗して後悔を繰り返すのか。

「嫌だ！　俺はもう間違いたくないのに！」

『ははは、抗っても無駄無駄。お前たちにはどうせ何もできやしない』

笑い声と共に黒い糸が絡みついてくる。

魔王の言う通りなのだろうか。

勇者と持ち上げられているだけで、智輝自身には何かを変える力は無いのか。本当に、何をしても無駄なのだろうか。


「……そんなことはない」


静かな青年の声が答える。

一瞬、光の波動が走って、智輝たちを取り巻いていた黒い糸は塵になって消える。

「少なくとも、僕は助かった。ありがとう、智輝」

「樹……？」

見知った友人の姿を上空に認めて、智輝は目を見張る。

地球から一緒に来た一般人のはずの樹。

彼はトレードマークの眼鏡を外している。素顔は思いのほか整っていて、日本人なら普通は黒い瞳の色が、今は鮮やかな碧色だ。

空中に浮かぶ彼の背中には精霊と同じ光の翅が生えており、虹色の鱗粉《りんぷん》を散らしている。翅と同じく樹自身もうっすら発光しており、身体の輪郭に光がまとわりついていた。

八枚の光の翅を広げて、目の前に軽やかに飛び降りる樹。

智輝はその姿に驚愕して、一瞬魔王と戦っていることを忘れた。

06　世界樹の力

樹はソフィーの腕を掴んで、智輝たちの前に飛び降りる。

ソフィーは自由な方の手を口にあてて「ふああ⁉」とか叫んでいるが無視。樹海を踏み荒らす山のような蜥蜴の視線を感じるがそちらも無視。邪魔な黒い糸は、精霊の力を使ってまとめて消してやる。

こちらを凝視してポカンとしている智輝たちに首を傾げた。

「どうしたんだ、智輝。そんな阿呆みたいに口を開けてぼうっとして」

「い、樹⁉　お前どこに行ってたんだよっ、それにその翅……」

「翅？」

樹は、そういえば出しっぱなしだなと思いながら、自分の背中を見た。

「そんな見苦しいかな……」

「そうじゃなくて！」

翅の生えた姿が他人の目にどう映るのか。

天使の羽のような白鳥の翼ではなく、光で構成された流線形の翅だから、仮装には見えないと思うのだが。

ちょっと自分の格好が気になった樹だが、智輝が慌てて「俺が聞きたいのはそういうことじゃなくて」と言ったので気持ちを切り替えた。

「僕は世界樹の近くにいたんだ。智輝と結菜が霧を消してくれたおかげで、世界樹は息を吹き返した」

「！」

正確には息を吹き返した訳ではなく、新しい世界樹の成長に光が必要だったのだが、樹はあえてごまかした。敵も聞いているのだ。余計な情報を与えてもいいことはない。

樹の言葉に、智輝たちは世界樹を見上げる。

ちょうど世界樹が緑に塗り替えられていくところだった。

『息を吹き返した、だと。フン、だから何だというのだ。私の糧《かて》にしてくれる』

巨大な蜥蜴、腐蝕の王は、黒い触手を世界樹に向かって伸ばす。

しかし。

「調子に乗るな、キノコタケノコ魔王」

涼しい顔で樹が言うのと同時に、その足元から光の波が一瞬で広がった。

黒い触手が塵になって消える。

『何……⁉』

「キノコの分際でよくも僕の庭で好き勝手してくれたな」

『お前の、庭、だと……』

腐蝕の王のいぶかしげな反復に答えず、樹は不敵な微笑を浮かべた。

「智輝、結菜、英司。君たちの力を貸してくれないか。このキノコを駆除したい」

「駆除⁉」

マイペースかつ不遜《ふそん》な発言に智輝たちの目が点になる。

まったく普段通りの調子で、樹は続けた。

「アルス、お前はソフィーが勝手に動かないように見張れよ。こいつ、僕の上に落ちてきたんだぞ」

「む。すまない」

「イツキ～！　ひどいですぅ」

「頬を膨らませてないでココンを召喚しろ、ソフィー。このキノコは火に弱いんだ」

樹の側まで来たアルスはさらっと謝る。

あしらわれて不満そうにするソフィーだが「来て、ココン！」と自身の契約精霊を召喚した。金色の炎と共に、狐の姿の精霊が現れる。

「智輝、英司、手伝ってくれるのか、くれないのか？」

「……くそっ、訳わかんねえけど、やってやるぜ！」

「右に同じく、かな」

呆然としていた智輝は槍を構えなおした。

やけくその表情だが、声は明るい。いつもと変わらぬ態度で接してくる樹に、智輝は荒だっていた感情が凪《な》ぎ、重苦しい胸の底が軽くなるのを感じた。もう、大丈夫だ。

英司も苦笑しながら、氷の双剣を巨大な蜥蜴に向かって構える。

「二人はあの蜥蜴を退治してくれ。黒い糸が飛んできても気にしなくていい。僕が防ぐ」

「わかった」

「おう！」

智輝と英司は頷くと、それぞれ精霊武器《スピリットアーム》を掲げて巨大な蜥蜴に挑みかかった。

その姿を見ながら樹は結菜に手招きする。

「結菜、君の契約精霊リーガルと一緒に、あいつの本体を探してくれ」

「本体？　もしかして、あの蜥蜴を倒しても……」

光の翅を背負った樹の姿に戸惑っていた結菜だが、樹の言葉の意味を理解して目を見張る。

「そうだ。あいつは本体を倒さないと何度でも蘇る」

「でも中位精霊のリーガルじゃうまく探せないって……」

「そこは僕が何とかする。白光流風霊《ブライトシルフィード》、リーガル！」

樹が呼びかけると、結菜の契約精霊のリーガルが現れる。

「お前のランクを引き上げる」

『！』

驚愕するリーガルの周りを虹色の光の輪が取り囲む。

空中に描かれた唐草紋様の光輪が、風の精霊に向かって収束した。

白い少年の姿をした精霊の背中に、一対の翅が新しく追加される。合計六枚の翅を広げて、リーガルは結菜の上空に浮かび上がった。

『結菜、今なら探せるよ！』

「分かった！　リーガル、探索霊風《サーチウインド》！」

結菜は白い杖を身体の左右で回転させてステップを踏む。まるで舞を舞うように。

精霊演武《スピリットダンス》の上級第二種、舞踊。

精霊の力を最大限に引き出し、使い手の人間の力と合わせていわゆる奥儀の技を発動する。

精霊魔法は元来、精霊に踊りや舞を奉納することで、精霊の力を使い手に降ろすものである。武術と魔法を組み合わせた精霊演武も、その流れを汲んでいるのだ。

白き風が戦場の隅々まで広がっていく。

「ココン、狐火を！」

「私も援護しよう。拘束鎖《バインド》！」

ソフィーは狐の精霊から狐火を受け取って弓に宿らせると、次々と炎の矢を射る。

敵の蜥蜴は巨体なので、ソフィーの命中率でも的を外すことはない。金色の炎が蜥蜴の表皮を焼いていく。蜥蜴は頭や尻尾を振って炎を嫌がる素振《そぶ》りを見せた。

アルスはその隙に、紫色の魔力の鎖を操って蜥蜴の動きを邪魔する。

動きが鈍った蜥蜴の足を、炎の槍を振りかぶった智輝と、冷気を放つ双剣を持った英司が切る。

蜥蜴の巨体は大きくよろめいた。

足を切られた巨大な蜥蜴は、その巨体を支え切れずに胴体を地面に落とす。

地鳴りと共に大地に横たわった蜥蜴に向かって、智輝は大きく槍を振りかぶった。

精霊演武の中級第四種、鼓舞。

「燃やし尽くせっ、紅蓮舞炎《スカーレットフレア》！」

木材で構成された蜥蜴の身体は面白いくらいに呆気なく炎に包まれる。

ソフィーが放つ炎の矢も、炎上を後押しした。

世界樹の梢に届きそうなほど、紅蓮の炎が大きく燃え上がる。

腐蝕の王は舌打ちした。うまく動かせない蜥蜴の身体にはとうに見切りをつけている。

『……ちっ』

ひとまずここは撤退しよう。

既に世界樹周辺には己の胞子《ほうし》を撒き散らしている。奴等が油断した頃にもう一度胞子から己の分身を育てて、世界樹を蹂躙《じゅうりん》すればいい。何度でもやり直しはきく。

魔物はこっそり本体を移動させ、世界樹の空間から脱出しようとしていた。

「……見えた！」

契約精霊の風霊リーガルと共に集中していた結菜が、目を開く。

彼女が白い杖を振るうと風が巻き起こる。

風は密かに魔王城の地下に通じるゲートに近寄っていた、腐蝕の王の本体に絡みついた。

『何⁉』

光の扉の直前で腐蝕の王は静止を余儀なくされる。

空中でもがいているのは、拳より小さい黒い羽虫《はむし》の姿だ。

風に絡め取られて先に進めない中、腐蝕の王は必死に考える。

こうなったら本体を分裂させて地面に潜ろうか。それは最悪の手段で、分裂することで力が弱まり思考も薄まるが、追い詰められれば止むをえない。

腐蝕の王は身体を分裂させようとしたが、その前に鋭い剣で串刺しにされて動きを止めた。

「ここまでだ」

結菜の察知した方向へいち早く動いた樹が、自身の精霊武器《スピリットアーム》である優美な剣で、腐蝕の王の本体を空中に縫いとめていた。

『く……分裂できない⁉』

「残念だったな。お前も、お前の胞子も、害の無い生命に造り変えさせてもらう」

『造り変える……だと！』

樹は、剣の先でみっともなくジタバタする虫に向かって溜息をついた。

「お前は自分が何に向かって喧嘩を売ったのか、まるで分かっちゃいないな。世界樹は全ての生命の源だ。生命は生と死を繰り返して、別のものに生まれ変わる。魔物であるお前もこの場所では世界樹の影響を受ける」

『わ、私は腐蝕の王だ！』

「ただのキノコだよ、お前は。そして世界樹の前では全ての生命は平等だ」

虹色の唐草模様が、樹の周りの空間に幾重にも輪になって浮かぶ。

光の輪が剣に向かって収束し、腐蝕の王を名乗る黒い虫は剣の先で粉々になった。

剣から、ほろほろと光の粉が落ちる。

おそらく他の場所に落ちていた腐蝕の王の胞子も、同じように光の粉になっているだろう。

樹は界樹の精霊の力を使って、腐蝕の王の本体と、本体と繋がっている一連の胞子たちを、無害な光の粉に生まれ変わらせたのだ。

「さて……と」

剣を一振りして光の粉を完全に落とす。

見渡すと、世界樹の周辺は災害の後のような状態だった。

木々は軒並み枯れて、蜥蜴の身体に吸収されたり、踏み倒されたりしてボロボロの状態の丸太が転がっている。地面は割れたり隆起したりして変形していた。

「後片付けしないとな」

樹は剣を地面に突き立てると、剣の柄頭《つかがしら》に両手を置いて目を閉じる。

背中の八枚の光の翅が震えた。

その足元から碧の光の波動が広がる。

荒れ果てた大地がみるみる内に緑に染まり、転がっていた丸太から芽が吹き出す。茶色になっていた森が息を吹き返し、新芽が開いて生い茂る。

古くからあった太い樹木が蘇ることはさすがに無かったが、若い木々が瑞々しい枝を空へ伸ばしていき、空き地を埋めた。世界樹と世界樹の周囲の森は、元の緑を取り戻す。

『イツキや、終わったかの？』

「アウル」

戦闘に巻き込まれないように離れた場所にいたフクロウが、空から舞い降りてくる。

樹は精霊武器《スピリットアーム》の剣を送還すると、片腕を伸ばした。

腕にとまったフクロウが定位置になった樹の肩に移動する。

『身体は大丈夫かの』

「ちょっと疲れてるけど、問題ない」

樹は正式に世界樹の精霊となった。今は精霊の力を使っても少し疲労を感じるくらいで、以前のように人間の身体を失う危険性は低い。

肩のフクロウの柔らかな羽毛を撫でながら、樹は智輝たちが追いついてくるのを待った。


真っ先に走って来たのはソフィーだった。

「イッキ〜！」

樹は無言のまま、突進してくるソフィーの直前で一歩脇にずれる。

空振りしたソフィーは近くの樹木に抱きついた。

「ううっ、ひどいイッキ」

「もう君の下敷きになるのは懲りたんだ」

樹はやれやれと溜め息をつくと、尻餅をついているソフィーに向けて手を伸ばす。

「……言うのが遅くなったけど、来てくれてありがとう、ソフィー」

しゃがんでメソメソしているソフィーの頭を撫でると、ソフィーは一転して嬉しそうな表情になった。樹は兎耳を触りながら、動物を飼っている気分になる。

彼女を撫でながら、ソフィーを追って歩いてきたアルスに声を掛ける。

「アルス、お前の親父さんの仇を横取りして悪かったな」

吸血鬼の青年は、一瞬きょとんとしてから苦笑した。

「そういえば私は父の仇を取るために来たんだったな」

「忘れてたのか」

「いやはや、思っていたより大事《おおごと》になってしまったからな。奴はイツキ殿の領分に入って悪さをしていたのだから、仕方ない」

間接的に仇は取れた訳だし良しとしよう。

そう言ってアルスは笑った。

彼の後ろに勇者たち三人、智輝、結菜、英司が立つ。

智輝が代表して疑問を投げてきた。

「樹。お前、いったい何者なんだよ」

「……智輝たちはこの世界では勇者なんだろう。僕の場合は、この世界では世界樹を守る精霊という立場なんだよ」

今更、隠すのもおかしいので、樹は何でもない口調で軽く説明した。

ちなみに光の翅は出しっぱなしの状態だ。

この世界樹の空間では翅を出している方が楽なのだ。

「何でこの世界に来てすぐ言わなかったんだよっ」

「智輝たちだって、色々隠してただろ。だいたい学校ではいつも一緒にいたのに、この世界のことはひとつも話してくれなかったじゃないか」

「うっ……それは」

「友達だと思ってたのに、この世界に来てから僕はどんなに寂しい思いをしたか」

樹は大袈裟に泣き真似をする。

足元でしゃがんだままのソフィーが「何だかイッキわざとらしい」と言い、肩のフクロウが『面白がっておるのう』と鳴き、アルスは腕組みして「イッキ殿だからな」と頷いた。

「聞こえてるぞ。せっかく人が楽しんでるのに邪魔しないでくれ」

「楽しんでたのかよ」

外野とのやり取りは智輝にも届いている。

あまりにも堂々とした樹の態度に、智輝は怒る気を無くした。

樹は悪びれずに手をひらひら振った。

「お互い様ってことにしないか」

「仕方ねーな」

智輝は仕方なく同意する。

樹にだいぶ助けられていることは智輝も自覚している。一方的に怒ったりはできない。

説明を終えた樹は腰に手をあてて、勇者たちを見回した。

「さて。これにて一件落着した訳だが、地球に帰りたいなら、ここから送還のゲートを開こうか」

「え⁉」

「世界樹が復活した今なら、僕の力で地球へ帰る道を開くこともできるけど……どうする？」

送還は召喚より少ない力で行使できる。何と言っても元の場所に戻すだけなのだ。知らない場所から世界の壁を越えて人間を移動させるより、ずっと難易度が低い。

世界樹の精霊の力は神に匹敵する。送還だけなら樹でも可能である。

樹の提案に、智輝と結菜は顔を見合わせる。

「智輝、帰ろうよ。私早く帰ってスイーツ食べたい」

「う、うーん」

「待て二人とも」

地球で召喚される直前、結菜の誘いで智輝と樹は、学校の近くのパティスリーに寄るつもりだったのだ。甘いものが苦手な智輝は唸っている。

なんだかんだで疲れたので地球に帰りたい気持ちになっている二人に、英司は待ったをかけた。

「智輝、結菜、また樹君にごまかされそうになってるぞ」

「英司？」

「樹君は自分も一緒に帰るとは一言も言ってない」

口を挟んだ英司に、智輝と結菜はきょとんとする。

二人にとっては、帰るイコール樹も一緒に帰るという意味で、他の選択肢が前提から抜け落ちていたのだ。

「英司、君付けしなくていい。僕も君を呼び捨てしてるし、樹って呼んでくれ。それにしても君は鋭いな……」

「俺は智輝ほど楽天的じゃない。樹、君はあっさり魔王を倒すわ、俺たちを送還できると言うわ、規格外だ。けどそんな大きな力を何の代償も無しに使えるものなのか。普通に考えても話がうま過ぎる」

淡々と推論を口にする英司。彼は頭脳派の勇者らしい。

困ったな。

樹は頭を掻いて悩む。どこまで話したものか。

新しい世界樹と繋がって精霊になる途中に、ソフィーが上から落ちてきたおかげで、人間の肉体を失わずに済んだ。しかし、精霊になってしまったせいで、樹は世界樹から離れられなくなった。

普通の精霊と違い最高位の精霊なので、ある程度は世界樹から離れても大丈夫なのだが、さすがに異世界である地球は遠すぎる。また、世界樹と同じ長い時間を生きるため、このままいくと青年の姿のまま歳を取らないことになる。

迷った末に正直に要点だけ話すことにした。

「……今の僕は精霊に近付き過ぎているせいで、地球には帰れないんだ。すまないが、智輝たちだけで帰ってくれ」

「私たちだけ⁉」

「やっぱり相応の代償はあったということか」

「まあね」

納得した風の英司に頷いてみせる。

彼が突っ込まなければ、樹は智輝たちだけ先に帰すつもりだったのだ。

「ちょっと待ってよ！　それじゃ樹君と一緒にスイーツ食べれないじゃない！」

「智輝と一緒に食べればいいんじゃ」

「嫌よ！　智輝は甘いもの苦手だから、一緒に楽しめないもの！」

結菜は憤慨してまくし立てる。

その勢いに樹は気圧《けお》されて下がった。

「……コンビニアイスをおごる約束もあったな」

英司がニヤリと笑って呟く。

最後に智輝が腕組みして言った。

「じゃあ次のここでの仕事は、樹と一緒に帰る方法を見つけること。決定だな」

「賛成！」

「異議なし。借りが沢山あるからな」

友人たちの結論に樹は……冷静な表情を保つので、やっとだった。

「馬鹿だな君たちは。せっかくごまかそうとしてたのに」

「誰がごまかされるかよ。お前だけ良い格好しようったって、そうはいかないんだからな！」

睨んでくる智輝に言葉に出さずに返事する。

智輝、やっぱりお前は勇者だよ。

僕は独りになることを覚悟してたんだ。だけど、現実は一緒に残ってくれると聞いて、とても嬉しい。自分の弱さが嫌になるくらいに。

エピローグ　フロラの花

勇者の友人たちは、樹に付き合って異世界に残留することに決めた。

これからの行き先はまだ決まっていないのだが、もう日も暮れてきたので、世界樹の根元で一泊することになった。世界樹付近は暑くも寒くもない穏やかな気候なので、その辺で雑魚寝しても風邪を引く心配は無さそうだ。

世界樹の根元には、樹たち以外にも多くの精霊や霊獣が集まりつつあった。

皆、魔王の影響で住めなくなった世界樹から一時的に別の場所へ避難していたのだが、平和が戻ったことを察して帰って来たのだ。

霊獣の中には知能が高く人間に近い生活をするものもいる。彼等は人間が食べられる果実や干肉を荷物に入れて帰って来ていた。世界樹が復活したことを喜ぶ彼等は、樹たちに快く食料を分けてくれる。

世界樹の下で智輝や結菜はもらった食料を食べて休むことにした。

「ん？　あれ、樹はどこだ」

「イツキ殿なら世界樹の上に登っていったぞ」

いつの間にか姿を消した樹を探して、智輝は辺りを見回す。

何となく流れでまだ一緒に行動しているアルスが、返事をした。

「世界樹の上……」

智輝は世界樹を見上げたが、巨大過ぎて真下からは天辺が見えない。広すぎて、登っていったという樹がどこにいるか、探すのは不可能だ。

「置いていかれたんですぅ」

「ソフィーちゃん、ここで俺たちと仲良くしてようぜ。樹なんてほっとけよ」

「ふえぇぇん」

さめざめと泣くソフィーを智輝は慰めた。

樹の奴、こんな可愛い女の子をほったらかして何やってるんだ。

†

その頃、樹は世界樹の最上部にいた。

最上部ともなるとかなりの高さがある。自力で空を飛べないソフィーが間違って落ちると困るため、連れていってと強請《ねだ》る彼女を置いてきたのだ。

巨大な世界樹の天辺からは、この空間の全容を見渡せる。

世界樹の立つ土地は雲海に浮かぶ島にある。

雲海は途切れることなく永遠に続いている。時折、雲に重なって人間界の光景が陽炎《かげろう》のように揺らめく。世界樹の空間は人間界の上に重なって存在しているため、人間界の景色が見えることがあるのだ。

夕暮れの雲海は柔らかい茜色《あかね》に染まっている。

澄んだ風が吹いて、樹の短い黒髪を揺らした。空を飛ぶ翅がある樹は、足元が空中になっていても怖くない。片膝を立てた姿勢のまま、リラックスした様子で細い枝に腰をおろしている。

近くの枝にフクロウのアウルがとまっている。

アウルは羽を身体に張り付かせて小さくなり、しょげた様子である。

『イツキや。結局お前は、元の世界に戻れなくなってしまったのか。わしらが不甲斐ないばかりに、すまぬ……』

「何でアウルが謝るんだ」

樹はフクロウの羽をつついた。

「これは僕が決めたことだ。誰のせいでもない」

『しかし、人間のお前が精霊として生きていくのは、つらいだろう』

「そのことだけど、本当にそう決まってしまったのか」

『？』

フクロウは首を傾げる。

樹は細い枝の上で器用に伸びをしながら説明した。

「白竜ヨナは最初、僕は精霊となることで人間ではなくなってしまうと言っていた。けど、ソフィーが落ちてきた後、ヨナは最初の言葉は嘘で、本当は僕の気持ち次第で何とでもなるって教えてくれたんだ」

『白竜様がそんなことを……』

「ということは、精霊の力を持ったまま地球に戻ったりする方法もあるかもしれない。諦めて受け入れたら、アウルの言う通りになるだろうけど、僕次第で道は他にもあるんだ、きっと」

樹は悲観していなかった。

世話焼きのフクロウや、騒がしいエルフの少女、抜けている吸血鬼の青年、同じ地球から来た智輝と結菜と英司。頼りになるかどうかは置いておいても、彼等が一緒にいてくれる限り、樹は孤独ではない。

独りになるのは怖い。しかし逆に言えば、独りでないなら怖くないのだ。


夕闇に沈んでいく空を見上げた樹の鼻先を、小さな白い花弁がふわりと舞った。

「あれ……?」

『フロラの花じゃ。ここ数年、咲いていなかったのにのぅ』

世界樹に巻き付く植物の枝に、桜に似た花のつぼみが次々と膨らむ。うっすらピンクがかった花が開き、芳香が漂った。風に揺れた花から、ひらひらと花弁が散る。

ちょうど沈みゆく太陽と、夜空に上る月が、対角線上で並ぶ刻限。

太陽と月の中間に世界樹は立っている。

世界樹の天辺に咲くフロラの花は、夕焼けの陽光と、静かな月光の間で、無数の花弁を散らせた。

花弁は樹を取り巻くように風に乗って舞う。

「やっと一緒にフロラの花を見られたな」

『イツキ……』

「これからも、何度だって花見ができるさ」

僕はもう忘れたりしないのだから。

樹は花びらに手を伸ばしながら微笑む。


風の中にかすかに混じる精霊たちの囁き。

彼等は、世界樹の精霊の帰還と誕生を祝って歌っている。

おかえりなさい。

あなたは今、夢幻の彼方を越えて、あるべき世界に帰って来たのだと。

最強拳士のやりすぎ
冒険ファンタジー、開幕！

「君に異世界へ行く権利を与えようと思います！」神様を名乗る少年にそう告げられた青年、小鳥遊《たかなし》綾人《あやと》。その理由は、神様が強い人間を自分の世界に招待してみたいから、そして綾人が元の世界で一番強いからだという。そうしてトラブル体質の原因だった「悪魔の呪い」を軽くしてもらった綾人は、全魔法適性MAXという特典と共に異世界へと送られる。しかし異世界に到着早々、前以上のペースでトラブルに巻き込まれてしまうのだった――

●定価：本体1200円＋税　●ISBN978-4-434-24815-3　●Illustration：yu-ri

空色蜻蛉《そらいろとんぼ》
奈良県出身。アニメや漫画が大好き。2017 年 5 月より Web 上で本作『異世界で世界樹の精霊と呼ばれてます』を連載開始。人気を博し同作にて出版デビューを果たす。

イラスト：Yoshimo
http://yoshimo1516.tumblr.com/

本書は Web サイト「アルファポリス」（http://www.alphapolis.co.jp/）に投稿されたものを、改稿、加筆のうえ、書籍化したものです。

異世界《いせかい》で世界樹《せかいじゅ》の精霊《せいれい》と呼《よ》ばれてます

空色蜻蛉

2018年 7月 2日初版発行

編集－矢澤達也・篠木歩・太田鉄平
編集長－塙綾子
発行者－梶本雄介
発行所－株式会社アルファポリス
〒150-6005 東京都渋谷区恵比寿4-20-3 恵比寿ガーデンプレイスタワー5F
TEL 03-6277-1601（営業）03-6277-1602（編集）
URL http://www.alphapolis.co.jp/
発売元－株式会社星雲社
〒112-0005 東京都文京区水道1-3-30
TEL 03-3868-3275
装丁・本文イラスト－Yoshimo
装丁デザイン－AFTERGLOW
印刷－中央精版印刷株式会社

価格はカバーに表示されてあります。
落丁乱丁の場合はアルファポリスまでご連絡ください。
送料は小社負担でお取り替えします。

ISBN978-4-434-24809-2 C0093